1871

LE VRAI COUPABLE

ET

SES VICTIMES

PAR

M. l'Abbé Odon DIGNAT,

VICAIRE DE SAINT-PAUL-SAINT-LOUIS.

Vincula et tribulationes Jerosolymis me manent.
Des chaînes et des épreuves me sont réservées à Jérusalem.
(*Actes*, XX, 23.)

Se vend au profit du patronage Saint-Paul-Saint-Louis.

PARIS
Ch. DOUNIOL et Cⁱᵉ, ÉDITEURS
29, rue de Tournon.

TOULOUSE
Chez PRIVAT, Libraire
rue des Tourneurs,

1871

1871

LE VRAI COUPABLE

ET SES VICTIMES

PARIS. — IMP. VICTOR GOUPY, RUE GARANCIÈRE, 5.

1871

LE VRAI COUPABLE

ET

SES VICTIMES

PAR

M. l'Abbé Odon DIGNAT.

VICAIRE DE SAINT-PAUL-SAINT-LOUIS.

Vincula et tribulationes Jerosolymis me manent.
Des chaînes et des épreuves me sont réservées à Jérusalem.
(*Actes*, XX, 23.)

PARIS

Ch. DOUNIOL et Cᶦᵉ, Éditeurs

29, rue de Tournon.

TOULOUSE

Chez PRIVAT, Libraire

rue des Tourneurs.

1871

1871

LE VRAI COUPABLE

ET SES VICTIMES

I

A MES AMIS

Il ne m'est pas possible, mes chers amis, de satisfaire votre bonne amitié, dont je vous remercie cordialement, et de répondre à toutes vos lettres. Je ne peux vous donner à chacun les détails que vous me demandez sur l'orage horrible qui vient de fondre sur nous, et qui a failli nous engloutir sous les ruines et les cendres de Paris.

Pendant les longues heures de ma réclusion, au dépôt de la Préfecture de police, derrière la Conciergerie, j'ai pu écrire la plupart des notes qui forment la seconde partie de ce travail.

Je les livre, pour vous et pour une bonne œuvre (1), à la publicité; bien qu'au moment où je les ai écrites, je n'eusse nullement l'intention d'en faire cet usage.

Si elles tombent sous les yeux de quelques personnes animées de sentiments moins chrétiens que les vôtres; elles leur offriront, par leur simplicité, le caractère de la plus sincère vérité : — à part quelques détails, même recueillis à des sources parfaitement sûres, je n'ai écrit que ce que j'ai vu par moi-même. J'espère, en outre, que la lecture en sera utile à la foi chrétienne et à l'ordre social.

La France n'avait qu'une page rouge dans son

(1) Le 12 avril, un délégué de la Commune se présenta chez une de nos bonnes sœurs de la rue du Fauconnier. Après une perquisition minutieuse dans la maison, il emporta leur propre argent, et celui que nous avions destiné à soutenir le patronage de la paroisse Saint-Paul-Saint-Louis. Lorsque j'allai réclamer contre ce vol à la mairie du quatrième arrondissement, Gérardin, membre de la Commune, me répondit qu'on allait réunir, dans une même caisse, l'argent des pauvres de Paris, et le faire distribuer par des citoyennes de leur choix, *bien autrement intelligentes que les sœurs de charité* (sic).

histoire : elle en a deux maintenant, deux pages maudites à jamais, deux pages écrites avec le sang des rois, des prêtres, des magistrats, et sur les ruines hideuses de l'autorité légitime :

1793, œuvre de Voltaire,

1871, œuvre de Proudhon !

Cela, on le sait, on est fatigué de l'entendre redire, on le croit, peut-être, mais vaguement, mais avec indifférence, mais avec cette légèreté française qui se laisse facilement distraire du vrai sentiment religieux et patriotique, par l'entraînement du plaisir et des affaires. Des coups de tonnerre comme celui qui vient d'éclater sur nos têtes, réveillent une heure, il est vrai, notre peuple endormi dans le positivisme de la vie. Quand il se voit menacé ou pris, il réfléchit un instant, il se reproche, peut-être, mais d'une manière rapide — il n'aime pas à s'accuser longtemps — de n'avoir pas rempli parfaitement les devoirs de sa conscience envers Dieu et envers son pays. Mais, vienne le jour de la délivrance et du calme, ses bonnes pensées s'envolent avec le vent qui emporte la tourmente et le danger. Il s'endort de nouveau dans sa torpeur, dans son apathie de la veille ; insouciant du lendemain, tant qu'il ne voit pas immédiatement brandir sur sa vie et sur ses biens, la hache et la torche du socialisme. — Témoin la solitude de nos Eglises au lendemain de tant de sacriléges, et la désertion égoïste de l'urne électorale dans Paris, aux 23 et 30 juillet.

Aussi, nous venons de voir à quelles honteuses extrémités peut se porter, dans une heure de délire, une population qui s'est séparée de Dieu !

Oui, il est des heures dans l'histoire de l'humanité, où un peuple, une ville entière, tombe dans la démence comme un individu ! Si, dans cette heure terrible, ce peuple tient en main une force matérielle, ni la raison, ni le droit, ni la pudeur ne sont capables d'arrêter ses emportements : il doit fatalement s'abîmer dans la ruine et dans le sang.

Ce drame incroyable, affreux, vient de se dérouler devant nous.

Il est bon que les convictions erronées, chancelantes encore malgré l'évidence, comprennent bien que ces heures ne sonnent jamais pour un peuple, que lorsque dans son âme l'athéisme a remplacé le symbole de l'Eglise catholique; que lorsque la licence, proclamée comme un droit et portée par les rues dans les plis sanglants d'un drapeau rouge, s'est mise en révolte contre les droits naturels de la vie sociale.

Tant que j'ai vu le socialisme, aux premiers jours de la Commune, se contenter de tyranniser la population, ou de la faire marcher de force aux fortifications pour défendre ce qu'il appelait d'une façon menteuse ses franchises municipales, je n'ai tremblé qu'à demi.

Mais, bientôt, les événements se précipitant avec une rapidité effrayante, lorsque j'ai vu les Eglises souillées, les autels brisés, les chaires profanées et faisant entendre à un peuple stupide ou affolé de terreur d'horribles blasphèmes; lorsque j'ai vu les statues de nos saints brisées, les vases sacrés saisis dans les tabernacles, et entassés avec les ornements du culte dans des charrettes immondes, pour être portés à la Monnaie, transformés en lingots, et distribués aux Forbans de la Commune; lorsque j'ai vu les saintes hosties

1.

et Notre Seigneur Jésus - Christ traînés dans le mépris et dans la boue, alors, ô mes chers amis, j'ai tremblé pour notre malheureuse ville !

Je ne crois pas que l'homme seul, livré à sa propre action, appelant à son secours tout ce qu'il trouve dans sa nature mauvaise d'impiété et de rage, puisse arriver à la puissance pour le mal, qu'il vient de déployer dans Paris. — Satan s'est incarné dans l'homme. Pour nous instruire, Dieu a permis qu'il triomphât un jour, pendant lequel on a fait ce que disait David (1) : « *Ils ont placé leurs étendards au-dessus du temple, comme pour avertir qu'il fallait sortir de ce lieu..... Comme s'ils avaient été dans une forêt, ils ont brisé à coups de hâches les portes du Saint Lieu : ils ont ruiné l'édifice avec la cognée et le marteau..... Ils ont incendié ton sanctuaire, Seigneur, souillé dans la boue le tabernacle de ton nom.* En voyant toutes ces horreurs, je n'ai plus tremblé seulement pour ma vie ; j'ai eu peur que la patience de Dieu, poussée à bout, n'abîmât la ville coupable dans une immense ruine. Et je n'étais pas le seul à

(1) Psaume LXXIII.

partager ces craintes; un confrère me disait :
« Dieu a été patient jusqu'à ce jour, mais je crains
bien maintenant qu'il ne venge d'une manière
terrible le blasphème et le sacrilége. »

La justice de Dieu a été plus terrible encore
que nous ne l'avions pensé. Les siècles en efface-
ront peut-être les traces profondes; mais malheur
à la génération qui en perdrait la mémoire !

Paris, 15 juillet 1871.

ODON DIGNAT.

II

LE VRAI COUPABLE

Le hasard vient de faire passer sous mes yeux un livre que je ne connaissais pas, malgré la triste popularité de ses doctrines et de son auteur.

Avant de commencer mon récit, je demande la permission d'en citer quelques pages, de les flétrir comme elles le méritent ; et, si je ne réussis pas suffisamment, de les signaler du moins à la réprobation universelle.

Au reste, ce n'est pas sans raison que je m'y arrête un instant. — Ces pages sataniques, écrites à vingt ans de distance, ont été le programme des saturnales sanglantes qui ont épouvanté Paris et le monde, il y a quelques jours ; elles ont été la dernière raison de tous les brigandages que d'au-

tres ont déjà racontés pour leur part, et à l'histoire desquels je vais ajouter une nouvelle page,
hélas! semblable aux autres.

Après la lecture de ce livre, si vous avez vécu
à Paris sous la Commune, jusqu'au dernier jour,
vous ne serez pas tentés de chercher ailleurs le
vrai coupable dans nos derniers malheurs.

L'auteur s'appelle Proudhon.

Le livre fut commencé dans le journal *la Voix
du Peuple*, en 1849, le digne pendant du *Cri du
Peuple*, de Jules Vallès, en 1871, et terminé en
1851 dans la prison de Sainte-Pélagie.

La première parole est un blasphème arraché
par l'orgueil, c'est ce texte du Deutéronome, *Le-
vabo ad cœlum manum meam, et dicam : Vivo
ego in æternum*, qu'il traduit, en se l'appliquant :
« Je lèverai ma main vers le Ciel, et je dirai :
Mon idée est immortelle (1). » Le livre tout entier, écrit avec le cynisme de cette logique auda-
cieuse, qui ne recule pas devant les plus criminelles conclusions, est un tissu de contradictions,

(1) Deutér., XXXII, 40.

d'invectives, de vociférations contre Dieu, contre
l'autorité et contre la propriété.

Le socialisme international a fait de ce livre
son catéchisme doctrinaire, son symbole politique
et économique. Il l'a colporté dans toutes ses
réunions populaires, dans tous les clubs. Il en a
effeuillé les pages lugubres une à une et avec patience, pour nourrir le peuple de sa doctrine.
Quand une autorité légitimement ombrageuse ne
lui a pas permis de réunir le peuple et de lui
parler publiquement, alors le socialisme lui a jeté
jour par jour, heure par heure, pendant vingt
ans, le livre de Proudhon. Ce livre s'est appelé
sous l'empire, *le Siècle, l'Opinion nationale, la
Lanterne, le Rappel, la Marseillaise;* et, ailleurs,
l'Émancipation: sous la Commune, il s'appelait :
*le Cri du Peuple, le Mot d'Ordre, l'Avant-Garde,
le Père Duchesne, Paris Libre* — amère dérision
— *le Vengeur, la Montagne,* etc.... Demain, il
prendra d'autres noms; mais nous connaissons
d'avance toute sa science, toute sa haine, et, je
peux l'affirmer avec vérité, sa haine renferme
toute sa science. — Haine contre Dieu, parce qu'il

est le principe de la conscience humaine, l'autorité la plus haute, et la source primordiale de
toute justice; haine contre le pouvoir, parce que,
pour mettre la main sur la propriété, il faut proclamer le dogme de la liberté absolue, c'est-
à-dire la licence, et le pouvoir en est l'ennemi;
haine contre la propriété, parce qu'elle n'est pas
à la libre disposition du socialisme radical, parce
qu'elle est le fruit du travail, que le socialisme
n'aime pas; parce qu'elle renferme le calme, le
bien-être, les jouissances de la vie, que le socialisme convoite.

Voilà tout le système, toute la science du prisonnier de Sainte-Pélagie! Encore cette science
n'est-elle pas de lui. Elle remonte, de siècle en
siècle, au Père du socialisme, à celui qui souffla
dans le cœur du premier homme la première pensée de révolte contre Dieu. Proudhon en est devenu, dans notre temps, la personnification la
plus remarquable, parce que, plus que tout autre,
il a eu le courage cynique — et il faut ajouter,
avec un certain talent d'écrivain et de penseur,
—de déclarer une guerre monstrueuse, une guerre

à l'arme blanche, aux lois les plus sacrées de l'ordre religieux, économique et social. Ses séides n'ont pas eu son courage; au lieu de faire la guerre ouvertement, à ciel ouvert, ils l'ont faite dans les souterrains, avec des armes invisibles et lâches, que nous connaissons!

Ouvrons le livre : « Sous sa triple formule, dit Proudhon, Religion, État, Capital, l'ancienne société brûle et se consume à vue d'œil.

« De même que la Religion, le Gouvernement est une manifestation de la spontanéité sociale, une préparation de l'Humanité à un état supérieur.

« Ce que l'Humanité cherche dans la Religion, et qu'elle appelle Dieu, c'est Elle-même.

« Ce que le citoyen cherche dans le Gouvernement, et qu'il nomme Roi, Empereur ou Président, c'est Lui-même aussi, c'est la Liberté.

« Hors de l'Humanité, point de Dieu ; le concept théologique n'a pas de sens. — Hors de la Liberté absolue, point de Gouvernement; le concept politique est sans valeur.

« La meilleure forme de Gouvernement, comme

la plus parfaite des Religions, est une idée contradictoire.

« Comment les Thaumaturges ont-ils fait de
Dieu un être fixe et personnel, tantôt roi absolu,
comme le Dieu des juifs et des chrétiens, tantôt
souverain constitutionnel, comme celui des Déistes,
et dont la Providence incompréhensible n'est occupée, par ses préceptes comme par ses actes,
qu'à dérouter notre raison?... Quel est ce *spirituel*
qui annule tout autre intérêt, cette contemplation
qui avilit tout idéal, cette prétendue science ins-
pirée contre toute science? Le temps est venu où
l'allégorie doit faire place à la réalité, où la théo-
logie est impiété et la foi sacrilége. Un Dieu qui
gouverne et qui ne s'explique pas, est un Dieu
que je nie, que je hais par-dessus toute chose... »

Voilà pour le compte de la Religion. Dieu me
garde d'ajouter un seul mot de commentaire à
ces paroles aussi claires, à ces imprécations aussi
peu voilées. Qu'il me soit permis de dire aussi que
c'est là un ennemi qui n'est dangereux que pour
l'ignorance et le mauvais vouloir. Il est si franc,
je pourrais ajouter, si brutal, il attaque si lourde-

ment, qu'il est toujours facile de parer ses coups.

Je tourne la page : l'auteur complète son formidable échafaudage de raisonnements :

« Le parti du passé, suivant que nous le considérons dans l'ordre des faits religieux, politiques ou économiques, s'appelle *Catholicisme, Légitimité, Propriété*. La généralisation de ces trois termes est *l'Absolutisme*.

« Ces trois mouvements parallèles, le mouvement catholique, le mouvement monarchique et le mouvement économique, n'expriment qu'une seule et même chose, la conversion de l'idée *absolutiste* et sa contraire, savoir : l'idée *démocratique* et *sociale*. — Considérées philosophiquement, la royauté de droit divin est une émanation du catholicisme, formée par la distinction du temporel et du spirituel ; la propriété est une émanation de la royauté, par l'institution féodale. Le socialisme, ou la démocratie sociale, dernier terme du catholicisme, est donc aussi la dernière forme de la royauté et de la propriété. Le Socialisme est le produit du Catholicisme, et en même temps son adversaire, tout à la fois fils du Christ et Anti-Christ. La Foi n'en conviendra pas, sans doute ; il nous suffit que la Philosophie, que l'Histoire en déposent.

Le Catholicisme, la Royauté, la Propriété, en un mot, l'Absolutisme, exprimant donc pour nous le *Passé* historique. et social ; la démocratie socialiste exprime *l'Avenir*. »

Pauvres insensés ! ils comptent sur la Philosophie et sur l'Histoire !

Mais qu'ils ouvrent donc les yeux une fois, s'ils veulent regarder avec d'autres yeux que ceux des passions ! La Philosophie et l'Histoire demeureront éternellement leurs juges sévères et leurs ennemis irréconciliables. La Philosophie condamne par défaut de logique ces tentatives ridicules et folles, qui cherchent en vain à ébranler ses propres assises ; et l'histoire du passé, l'histoire de l'humanité — que dis-je ? leur propre histoire se dresse implacable devant eux pour proclamer leur impuissance fastique, pour redire à toutes les générations les efforts criminels, mais impuissants, du Socialisme. La Philosophie nous

dira que chaque siècle, chaque génération a vu
leurs systèmes éhontés et vicieux se précipiter
dans l'abîme du mépris ; — l'histoire écrite par
eux à l'encre rouge nous montre les blessures
qu'ils ont faites aux nations, le sang qu'ils ont fait
couler, les ruines qu'ils ont semées sur leur passage. — Et savez-vous pourquoi ces tentatives,
plus ou moins lamentables, plus ou moins
bruyantes, sont frappées de stérilité? C'est la
Philosophie, mais la vraie philosophie, — c'est
l'Histoire, mais l'histoire impartiale, qui nous
répondent : « Parce que le Socialisme radical se
heurtera et se brisera toujours fatalement contre
le droit éternel de la Religion, de l'Autorité et de
la Propriété. »

En continuant ces citations, je serai, peut-être,
accusé de longueur — je mets tout amour-propre de côté, pour ne consulter que mon désir
d'être utile, et d'éclairer par une exposition et
une démonstration complète. Si je porte la lumière
et la conviction dans un seul esprit égaré ou
chancelant, j'en rendrai grâce à Dieu.

Au reste, les amis de l'ordre, et surtout les

catholiques sincères et courageux, ne doivent pas
perdre trop de temps à calculer les proportions de
leur concours. Les dangers sont plus pressants
que jamais, car il en existe d'autres que ceux qui
ont menacé Paris d'une destruction générale.
Notre capitale est couverte de ruines, mais, ne
l'oublions pas, ce n'est là qu'un seul coup du
Socialisme. — Les socialistes vivent à côté de nous,
au milieu de nous, comprimés un instant par la
force, il est vrai, mais rugissants dans l'ombre, et
impatients de compléter leur œuvre de destruction. Soyons attentifs à ce qui se passe autour de
nous ; la Province est sourdement travaillée par
la révolution ; écoutez les bruits d'incendie qui
nous arrivent de Nancy et de Bourges. — Le souverain pontife est retenu prisonnier au Vatican, et,
s'il avait au cœur moins de noble indépendance,
il serait menacé, comme on vient de le dire, de
devenir bientôt *le chapelain salarié du roi d'Italie.*
Grâce aux incertitudes équivoques de l'autorité
française, sa cause, par une anomalie bizarre,
vient d'être renvoyée à la sollicitude d'un ministre qui a toujours été son plus illustre adversaire.

— Notre gouvernement toujours hésitant, toujours tâtonnant, n'a su prendre jusqu'à ce jour que des décisions incomplètes ; aussi porte-t-il lui-même dans son essence le caractère provisoire qu'il a donné à toutes ses mesures ; aussi la France n'a-t-elle pas encore senti renaître la confiance ; aussi se pose-t-elle chaque jour l'existence à long terme de l'autorité actuelle comme un problème qui n'est pas résolu. — Enfin, la propriété a été violée sans pudeur, et elle demeure toujours secrètement menacée.

Hâtons-nous donc. Nous n'avons pas une heure à perdre : serrons nos rangs avec courage, et n'oublions pas que nous avons à nous défendre contre l'armée de Proudhon ; armée vaincue sans doute, mais dont les hordes toujours vivantes se reconstitueront demain. Sans remonter plus haut, dix-huit ans ont séparé 1830 de 1848 ; vingt-trois ans ont séparé 1848 de 1871 ; ce n'est pas sans frémir qu'on se demande quelle sera la durée de la troisième échéance !

Poursuivons notre examen : Proudhon qui, dans la négation, a eu tous les courages, n'a jamais reculé devant aucune extrémité, quelles qu'en fussent les conséquences. Aussi est-il arrivé, par la révolte contre Dieu, ou l'athéïsme, par le dogme de la liberté absolue dans le monde, qui rend l'humanité seule maîtresse et juge de la moralité de ses actes, à cette formule de Stirner et des autres athées de l'Allemagne : « L'homme est à lui-même son Roi, son Pape et son Dieu. »

Cet esprit était trop actif et trop persévérant, pour ne pas chercher à donner à son système un côté pratique. Il l'a fait et d'une façon si excentrique, qu'on serait bien près d'en rire, si 1871 n'en avait vu la plus sauvage application. — Écoutons-le :

« La liberté produit tout dans le monde, tout, dis-je, même ce qu'elle y vient détruire aujourd'hui : Religions, Gouvernements, Noblesse et Propriété.

« Plus de gouvernement de l'homme par l'homme, au moyen du cumul des pouvoirs ;

« Plus d'exploitation de l'homme par l'homme, au moyen du cumul des capitaux. »

A quelle puissance devra-t-il ce résultat ?

« C'est au développement spontané des mœurs,
à la civilisation générale, à ce que j'appellerai
LA PROVIDENCE HUMANITAIRE, de modifier ce qui
peut être modifié, d'apporter les réformes que le
temps seul révèle. »

Ce n'est pas tout : la découverte de sa providence humanitaire, quelque pénible qu'elle eût
été, n'avait pas épuisé le génie fécond du grand
socialiste : il a découvert une seconde puissance,
dont il attend d'immortels résultats.

Peut-on lire ce qui suit sans sourire de pitié
ou d'indignation pour tant de folie !

« Ce qui manque à notre génération, ce n'est
ni un Mirabeau, ni un Robespierre, ni un Bonaparte : c'est un Voltaire. » — Voici pourquoi —
« L'Ironie fut de tous les temps le caractère du
génie philosophique et libéral, le sceau de l'esprit
humain, l'instrument irrésistible du progrès. Les
peuples stationnaires sont tous des peuples graves :
l'homme du peuple qui *Rit* est mille fois plus près
de la raison et de la Liberté, que l'anachorète

qui prie et le philosophe qui argumente (1). »

Suit une apostrophe emphatique à « L'IRONIE, VRAIE LIBERTÉ, » dans laquelle il mêle le ridicule au blasphème. Il ose mettre « l'Ironie comme suprême consolation sur les lèvres du juste expirant en croix et priant pour ses bourreaux, en disant : *Pardonnez-leur, ô mon Père, car ils ne savent ce qu'ils font.* » Dieu seul était capable de trouver ce sentiment sublime du pardon des ennemis ; un fils de Voltaire a pu seul être capable de le profaner par le ridicule et le mépris.

Restait une dernière œuvre à accomplir : Proudhon devait donner à son système de décadence générale par le socialisme et au profit du socialisme, une origine historique.

Voici comment il en a échelonné les diverses phases, pour arriver à la chute de la Papauté, la

---

(1) Les membres de la Commune ont voulu parodier les ironiques impiétés de 93. Dans une réunion générale à l'Hôtel de Ville, Courbet ayant proposé de proclamer solennellement l'Athéisme, Jules Vallès lui répondit : « Je ne voterai pas la proposition : Dieu ne me gêne pas. Ce qui me gêne, c'est le Christ ; je le déteste comme toutes les réputations surfaites. »

plus grande, la plus majestueuse autorité sur la terre.

« La Constitution civile du clergé, dit-il, faisant l'Eglise salariée, de propriétaire qu'elle était autrefois, et la reléguant dans la métaphysique du culte et du dogme, ôta toute réalité à sa puissance. La révision de la Charte, en 1830, où la Religion catholique perdit son titre de Religion de l'État, et fut déclarée simplement, Religion de la majorité des Français, consomma la séparation du temporel et du spirituel, ou, pour parler plus juste, l'anéantissement de celui-ci.

« L'Église ainsi humiliée, le principe d'autorité était frappé dans sa source, le pouvoir n'était plus qu'une ombre, l'État une fiction. » — Réservons avec soin cet aveu. — « Chaque citoyen pouvait demander au Gouvernement : Qui es-tu, pour que je te respecte et que je t'obéisse ? Le Socialisme ne faillit pas à montrer cette conséquence ; et quand, à la face de la monarchie, la main étendue sur une Charte qui niait l'Évangile, il osa se dire *An-Archiste*, négateur de toute autorité, il ne fit que tirer la conséquence d'un rai-

sonnement qui se déroulait depuis des milliers
d'années, sous l'action révolutionnaire des gouvernements et des rois.

« Le moment est donc venu pour les puis-
sances de l'Europe, ou de s'abjurer elles-mêmes
devant l'interrogation des citoyens, ou d'autoriser
les Jésuites et de restaurer le Pape.

« Qui l'emportera, de la Révolution, ou de
l'Église ?

« La dernière heure a sonné ; la tempête qui
doit emporter le Saint-Siége et le trône se lève
mugissante. L'éternel dilemme se serre de plus en
plus, et se pose dans son inexorable profondeur.

« Ou plus de Papauté,

« Ou plus de Liberté. »

Si nous en croyons cette pompeuse phraséo-
logie, tout est fini, tout est perdu ! L'Autel et le
Trône ne sont plus que deux moribonds qui se
donnent la main pour s'affaisser ensemble dans la
tombe ; et, demain, sans plus tarder, le Socialisme triomphant jettera sur ce double cercueil,
avec la dernière pelletée de terre, sa dernière
malédiction ; et, demain, sans plus tarder, le

socialisme, assis majestueusement sur l'autel et le
trône, ce nouveau *Pape-Roi*, va ramener sur la
terre les douceurs de l'âge d'or, que le poëte pro-
mettait, aux Romains à la naissance d'une Vierge,

Jam redit et Virgo, redeunt Saturnia regna !

Une simple réflexion : Le Socialisme tenait le
même langage il y a dix-huit siècles, et ce jour où
nous devons voir en même temps les funérailles
du *Passé* et le triomphe de l'*Avenir*, n'est pas encore venu. Le Socialisme s'est emparé par la violence, en 1793 et en 1871, de l'autel et du trône ;
hélas ! nous savons tous, et nos pères et nous,
quelles sont les douceurs séduisantes que nous
réserve la *Providence humanitaire de son Pape-
Roi !*

Non, ce n'est pas ainsi qu'il faut conclure,
parce que ce n'est pas ainsi qu'il faut raisonner.

La Philosophie et l'histoire, c'est-à-dire les
principes éternels et l'expérience des siècles, nous
autorisent, grâce à Dieu, à formuler autrement
la conclusion, dictée par le simple bon sens. Non,
nous ne devons pas donner pour base à la société
humaine l'*An-Archie* à laquelle est forcée d'abou-

tir la logique implacable du socialisme; mais la Papauté, c'est-à-dire la majesté vivante de l'autorité de Dieu sur la terre, et, par elle, la Liberté ; la Papauté, qui seule peut consacrer d'une manière inviolable la liberté des peuples, mais à la condition que les peuples respecteront comme un sacrement la liberté de la Papauté.

Revenons maintenant à cette confession singulière arrachée à Proudhon par la force de la logique ; nous venons de le lire : « *Lorsque l'Église est humiliée, le pouvoir n'est plus qu'une ombre, l'État une fiction, parce que le principe d'autorité est frappé dans sa source.* » — Si donc l'Église est plus qu'humiliée, si elle est anéantie, l'État doit être encore moins qu'une fiction, il doit disparaître. C'est alors aussi que le socialisme arrive, qu'il escalade, le revolver au poing, l'Hôtel-de-Ville et la Préfecture de police, portant sur un côté de son drapeau rouge la négation de Dieu, et, sur l'autre, la négation du pouvoir régulier, qui vient de Dieu.

Comprend-on maintenant pourquoi, sous l'inspiration de Proudhon, 1871 a d'abord commencé

2.

par porter son premier coup à l'Église, c'est-à-dire par persécuter tout ce qui, de près ou de loin, pouvait être la représentation de Dieu dans la société? Comprend-on pourquoi le 1871 socialiste applaudit au dépouillement, à la captivité de Pie IX ; pourquoi le 1871 de la Commune de Paris a commencé par décréter la séparation de l'Église et de l'État ; pourquoi il a voulu brûler Notre-Dame, souiller et piller les autres Églises de Paris ; pourquoi il a lâchement assassiné la première autorité ecclésiastique, Monseigneur Darboy, nos religieux d'Arcueil, d'autres victimes à jamais regrettables, et M. Bonjean, frappant ainsi l'autorité de Dieu et l'autorité civile, qui vient de Dieu ; pourquoi, ne pouvant saisir tous les prêtres pour les conduire au dépôt de la Préfecture ou à la Roquette, il a cherché à tuer moralement et d'un seul coup tout le clergé, par les calomnies infernales écrites sur les prétendus crimes de Notre-Dame des Victoires et de Saint-Laurent? Je n'oublierai pas l'effet de stupeur et d'exaspération que produisaient sur une partie de la population de Paris — devenue crédule jusqu'à l'ineptie

— ces longs placards jetés par la commune sur tous les murs de la Capitale, et composés, contre les prêtres, de tout ce que la rage obscène du socialisme Proudhonien a pu inventer de mensonges et d'horreurs.

On sait qu'à Notre-Dame des Victoires, les fédérés avaient exposé aux regards de la foule, mais d'assez loin pour tromper les sots, la tête en cire, recouverte de cheveux blonds, de sainte Valérie. Un de mes amis pénétra dans l'église pour voir de ses yeux, et me rendre compte de cette hideuse comédie. A peine entré, il fut pris par un garde national qui le saisit vivement au bras, le conduisit vers le haut de l'église, et lui dit : « Citoyen, tu vois cette tête de jeune fille à peine refroidie : C'est de là, c'est de ce confessionnal, qu'on l'a traînée dans ce caveau, et c'est dans ce caveau que les prêtres l'ont égorgée. » Cette stupide invention a bouleversé une grande partie de Paris. Mon ami reconnut avec sa lorgnette la tête en cire de sainte Valérie, qu'il avait vue autrefois derrière une glace, sous l'autel de la Sainte Vierge. Il sortit sans répondre, pour ne point éveiller de soupçons, et il vint tout ému me raconter ces affreuses profanations.

Voltaire le disait : « Pour écraser l'Infâme..... Mentez, mentez encore, il en reste toujours quelque chose. » Mais aussi 1871 n'est-il pas le fils de 1793, et Proudhon n'est-il pas le fils de Voltaire, et la Commune socialiste de Paris n'a-t-elle pas été la fille, la digne fille de Proudhon?

En 1848, on riait à la Chambre des députés, en entendant Proudhon professer sérieusement son système d'An-Archie, on riait de sa négation de Dieu, de sa négation du pouvoir, de sa négation du droit commun qui régit et protége la propriété. « Ce sont là, disait-on, des théories insensées qui accusent un cerveau malade, ce sont des folies socialistes qu'on ne prend pas la peine de réfuter. » Sans doute, on aurait bien fait de livrer au mépris ces folies socialistes, et de passer sans écouter un fou qui élevait la voix un peu plus que les autres; si Proudhon ne s'était adressé qu'à des Français honnêtes ou intelligents. Mais il n'en a pas été ainsi, nous en avons fait aujourd'hui la terrible épreuve. Ses doctrines flattaient trop les

populations de Belleville, de la Villette, de Montmartre, de Ménilmontant, et en elles tous les membres de l'Internationale répandus en France, pour
ne pas faire en peu d'années un rapide chemin,
et nous conduire à la Commune. Nous venons de
les voir à l'œuvre, ces folies socialistes, *dont il
faut rire et qu'on ne réfute pas.* Elles viennent de
s'emparer de notre histoire : elles y ont écrit une
page horrible qui ne s'effacera pas. Venez la lire
aux Tuileries, à l'Hôtel-de-Ville, au Conseil-d'État,
au Ministère des Finances, à la Bastille, en mille
autres endroits, mais surtout à la Roquette, à la
Cité-Vincennes, rue Haxo, et au quartier de
Bréda.

Voici la marche du Socialisme :

Le premier décret de la Commune, je l'ai déjà
dit, a séparé l'Église de l'État. Bientôt, on a sup-
primé Dieu ; et, si l'Hôtel-de-Ville avait eu le courage de la logique de Proudhon, il aurait fait aux
premiers jours ce qu'il a fait aux 24, 25, 26 et
27 mai, incendié les églises et fusillé les prêtres,
désormais inutiles.

Le second décret a proclamé la déchéance du

pouvoir de Versailles, et condamné à mort tout citoyen convaincu d'entretenir des relations avec lui. Pendant les deux mois qu'a duré la Commune, il ne s'est pas tenu de réunion publique où l'on n'ait autorisé l'assassinat par le poignard ou le poison, pour M. Thiers et ses ministres. Notre pays tout entier aurait dû entendre les doctrines abominables, les horreurs professées dans ces réunions par les *citoyens* et, surtout, par les *citoyennes* à ceinture rouge : il en conserverait, aux jours d'élections, un souvenir salutaire.

Le troisième décret a confisqué la propriété au profit du prolétariat, sous plusieurs formes, mais toutes indiquées par Proudhon. — Un premier décret libérait les locataires de tous les termes dus, quels qu'en fussent le nombre et l'importance. Les propriétaires devaient délivrer des quittances aux locataires, sans être autorisés à garder contre eux un recours quelconque. — Le 16 avril, un second décret autorise tous les débiteurs à différer pendant trois ans, *sans intérêts*, le paiement de leurs dettes. — Enfin, le décret du 17 avril autorise les chambres syndicales ouvrières, de la création de la Commune, à dresser un état des ateliers abandonnés par les patrons, à les mettre à la disposition des sociétés coopératives, qui en devenaient propriétaires, à la charge par elles de payer une légère indemnité, fixée par un jury arbitral.

N'est-ce point là le programme fidèle dressé par Proudhon? Qu'en disent les indifférents? Et, après les scènes à jamais déplorables auxquelles nous venons d'assister, après les scandales désolants dont nous venons de donner au monde le spectacle honteux et blessant pour notre amour-propre national, aurons-nous encore la légèreté de *rire de ces folies socialistes* qu'on n'a pas voulu réfuter?...

Je n'en doute pas, Dieu a voulu sauver encore une fois notre France. Car, à la sortie du 20 mars, alors que le gouvernement a quitté Paris précipitamment, peut-être sans prudence, — l'histoire portera son jugement sur ce fait si grave, — alors que Versailles était sans défense, alors que l'armée était retenue en Allemagne, en Afrique, ou donnait, à Montmartre, l'exemple de la tra-

hison ; si la Commune armée de deux mille canons, de chassepots et de munitions abondantes,
avait rencontré à sa tête deux ou trois généraux
habiles, elle pouvait se rendre maîtresse, non-
seulement de Versailles, mais peut-être de toute
la France. Un premier grand succès aurait achevé
d'entraîner, dans les deux cent mille hommes
aguerris que lui laissait le premier siége, ceux
qui pouvaient être encore hésitants ou timides.

— Je ne veux pas faire un tableau de fantaisie, ni
créer des terreurs imaginaires ; mais rappelez-
vous cette sortie des fédérés contre Versailles, et
qu'on me dise à qui serait demeurée la victoire,
si le Mont-Valérien ne s'était trouvé, par hasard
et non par les sages prévisions de M. Thiers,
entre les mains d'un homme d'honneur ; s'il ne
s'était trouvé, par hasard, dans les bois de Meu-
don, un millier de gendarmes et quelques troupes
qui ont bravement fait leur devoir. L'histoire dira
que c'est à l'attaque vigoureuse du Mont-Valérien, que les communeux appelaient une trahi-
son, et au courage d'une poignée de soldats, que
notre pays a dû son salut ? Pour moi, j'ajoute que

Dieu a voulu nous sauver. — Sans ces deux circonstances, qui ne sont que deux accidents for-
tuits, on aurait peut-être vu, comme dans la
Grèce antique, le gouvernement chassé de ville en
ville, et n'ayant pour dernier refuge que la flotte
ou la mer. J'ajoute cependant que cette dernière
extrémité n'était pas à craindre, mais uniquement
par une circonstance exceptionnelle, et malheureuse pour notre honneur : la Prusse veillait à nos
portes sur *ses intérêts*, et je ne crois pas que la
France envahie par la Commune, eût offert à ses
milliards une garantie suffisante.

. . . .

Avant de terminer cette étude sur le Vrai Coupable de 1871, je dois le dire, et le peuple si
odieusement dupé devrait le savoir, Proudhon a
reconnu en partie la fausseté de ses théories socialistes ; bien plus, il a écrit une page presque
prophétique, dans laquelle il prédit d'une manière
frappante les « fruits de la Révolution démocratique et sociale. »

Voici sa confession :

« Parlant à des chrétiens, la Bible devait être

pour moi la première des autorités. Un mémoire sur l'institution sabbatique, considérée au point de vue de la morale, de l'hygiène, des relations de famille et de cité, me valut une médaille de bronze de mon académie. C'est ainsi que de la foi où l'on m'avait élevé, je me précipitais tête baissée dans la raison pure ; et déjà, chose singulière et pour moi de bon augure, pour avoir fait Moïse philosophe et socialiste, je recevais des applaudissements. *Si je suis maintenant dans l'erreur*, la faute n'en est pas à moi seul : fut-il jamais séduction pareille ? »

La rétractation n'est pas complète, elle ne l'a jamais été entièrement. — Mais comme il y a déjà loin de ce doute à cette affirmation si révolutionnaire : *La propriété c'est le vol* (1) !

(1) « Dans un premier mémoire, écrit Proudhon, attaquant de front l'ordre établi, je disais, par exemple : *La Propriété c'est le Vol !* Il s'agissait de protester, de mettre, pour ainsi dire, en relief le néant de nos institutions. Je n'avais point alors à m'occuper d'autre chose. Aussi, dans le mémoire où je démontrais par A plus B *cette étourdissante proposition*, avais-je soin de protester contre toute conclusion communiste. »

Proudhon continue :

« J'avais pris pour règle de mes jugements que tout principe qui, poussé à ses dernières conséquences, aboutirait à une contradiction, devrait être tenu pour faux, et nié ; et que, si ce principe avait donné lieu à une institution, l'institution elle-même devait être jugée comme factice, comme une utopie.

« Muni de ce critérium, je choisis pour sujet d'expérience ce que j'avais trouvé dans la société de plus ancien, de plus respectable, de plus universel, de moins controversé, la Propriété.

« On sait ce qui m'arriva :

« J'arrivai, comme un algébriste conduit par ses équations, à *cette conclusion surprenante* : La Propriété, de quelque côté qu'on la tourne, à quelque principe qu'on la rapporte, est une idée contradictoire. Et, la négation de la Propriété emportant celle de l'autorité, je déduisis immédiatement de ma définition ce corollaire non *moins paradoxal :*

« La véritable forme du gouvernement, c'est *l'An-Archie.*

« Enfin, reconnaissant qu'il y avait une heure marquée dans la vie des sociétés, où le progrès, d'abord irréfléchi, exigeait l'intervention de la raison libre de l'homme, j'ai conclu que cette force d'impulsion spontanée, que nous appelons Providence, n'est pas tout dans les choses de ce monde : de ce moment, sans être ce qu'on appelle assez peu philosophiquement un athée, je cessai d'adorer Dieu. »

Nous avons vu Proudhon procéder en sens contraire, et, partant de la négation de Dieu, arriver à la négation de la propriété. — Quelle que soit la route qu'il prenne, l'absurdité du point de départ doit infailliblement le conduire à l'*anarchie*.

Au reste, son époque avait été préparée à ces doctrines par Voltaire, le premier apôtre du socialisme. Proudhon nous raconte lui-même, de la manière la plus piquante, qu'il trouvait partout des complices, dans les Académies, comme dans les cours de justice.

« J'adressai mon mémoire à l'Académie des sciences morales et politiques : l'accueil bienveil-

lant qu'il reçut, les éloges que le rapporteur crut
devoir donner à l'écrivain, me donnèrent lieu de
penser que l'Académie, sans prendre la responsa-
bilité de ma théorie, était satisfaite de mon travail ; et je continuai mes recherches.

« Je reproduisis dans un second mémoire, puis
dans un troisième adressé à M. Considérant, les
mêmes principes et les mêmes conclusions. La
dialectique m'enivrait ; un certain fanatisme particulier aux logiciens, m'était monté au cerveau
et avait fait de mon mémoire un pamphlet.

« Le Parquet de Besançon ayant cru devoir
sévir contre cette brochure, je fus traduit devant
la cour d'assises du département du Doubs, sous
la quadruple inculpation d'attaque à la propriété,
d'excitation au mépris du gouvernement, d'ou-
trage à la Religion et aux mœurs.

« Je fis ce que je pus pour expliquer au jury
que, dans l'état actuel de la civilisation mercantile,
la valeur utile et la valeur d'échange étant deux
quantités incommensurables et en perpétuelle
opposition, la propriété est tout à la fois illogique
et instable.

« Le jury parut ne pas comprendre grand chose à ma démonstration : il dit que c'était matière scientifique, par conséquent hors de sa compétence, et rendit en ma faveur un verdict d'acquittement.

« Je commençai immédiatement, sous le titre de *Création de l'ordre dans l'humanité*, une nouvelle suite d'études, les plus abstruses auxquelles puisse se livrer l'intelligence humaine. Cet ouvrage me paraît avoir obtenu du public assez peu d'estime, et c'est peut-être justice. Malgré son originalité, mon travail est au-dessous du médiocre : que ce soit mon châtiment!

« Il est clair aujourd'hui pour moi que la souveraineté du peuple, seule capable de légitimer une révolution, n'est ni cette violence brutale qui dévaste les palais, incendie les châteaux, » — que dirait-il à cette heure? — « ni cet entraînement fanatique qui, après avoir fait un 17 mars, un 16 avril et un 15 mai, mit le comble à ses bévues par un 10 décembre; ni l'oppression alternative des majorités par les minorités, des minorités par les majorités.

« Je dis donc aux citoyens dictateurs : Renoncez à vos démonstrations de terrorisme qui font courir les capitaux après la révolution, comme les chiens après les sergents de ville. Rentrez dans ce *statu quo* conservateur, au delà duquel vous n'apercevez rien, et dont vous n'auriez jamais dû sortir ; car, dans la situation équivoque où vous êtes, vous ne pouvez vous défendre de toucher à la propriété ; et, si vous portez la main sur la propriété, vous êtes perdus : Vous avez déjà un pied dans la banqueroute.

« Non, vous ne comprenez rien aux choses de la Révolution. Vous ne connaissez ni son principe, ni sa logique, ni sa justice ; vous ne parlez pas sa langue. Ce que vous prenez pour la voix du peuple, n'est que le mugissement de la multitude, ignorante comme vous des pensées du peuple. Refoulez ces clameurs qui vous envahissent. Respect aux personnes, tolérance pour les opinions ; mais dédain pour les sectes qui rampent à vos pieds, et qui ne vous conseillent qu'afin de vous mieux compromettre ! Les sectes sont les vipères de la Révolution : le peuple n'est d'aucune secte.

Abstenez-vous le plus que vous pourrez de réquisitions, de confiscations, surtout de législation, et soyez sobres de destitutions ! »

Après toutes les citations qu'on vient de lire, et qui sont plutôt, je l'avoue, des atténuations, que des rétractations, je crois devoir mettre sous vos yeux une dernière page de Proudhon.

Cet esprit qui eût été doué d'une grande sagacité et d'une certaine portée politique, s'il n'eût été égaré par sa haine contre la Religion, a eu dans cette page comme un éclair prophétique des conséquences prochaines et terribles du Socialisme radical.

On croit lire une page écrite après l'accomplissement des actes criminels qu'elle prévoit.

« La Révolution Sociale ne pourrait aboutir qu'à un immense cataclysme, dont l'effet immédiat serait :

« D'enfermer la Société dans une camisole de force.

« Quand le Gouvernement sera sans ressources, quand le pays sera sans production et sans commerce ;

« Quand Paris affamé, bloqué par les départe-
tements, ne payant plus, n'expédiant pas, restera
sans arrivages ;

« Quand les ouvriers, démoralisés par la politique des clubs et le chômage des ateliers, cher-
cheront à vivre, n'importe comment ;

« Quand l'État requerra l'argenterie et les
bijoux des citoyens, pour les envoyer à la Monnaie ;

« Quand les perquisitions domiciliaires seront
l'unique mode de recouvrement des contribu-
tions ;

« Quand les bandes affamées parcourant le
pays, organiseront la maraude ;

« Quand le paysan, le fusil armé, gardera sa
récolte, abandonnera sa culture ;

« Quand la première gerbe aura été pillée, la
première maison forcée, la première Eglise profanée, la première torche allumée, la première
femme violée ;

« Quand le premier sang aura été répandu ;

« Quand la première tête sera tombée ;

3,

« Quand l'abomination de la désolation sera par toute la France ;

« Oh ! alors, vous saurez ce que c'est qu'une révolution sociale. Une multitude déchaînée, armée, ivre de vengeance et de fureur ;

« Des piques, des haches, des sabres nus, des couperets et des marteaux ;

« La cité morne et silencieuse ; la police au foyer de la famille ; les opinions suspectées, les paroles écoutées, les larmes observées, les soupirs comptés, le silence épié, l'espionnage et les dénonciations ;

« Les réquisitions inexorables, les emprunts forcés et progressifs, le papier-monnaie déprécié ;

« La guerre civile et l'étranger sur les frontières ;

« Les pro-consulats impitoyables, le comité de salut public, un comité suprême au cœur d'airain ;

« Voilà les fruits de la Révolution démocratique et sociale.

« Je répudie de toutes mes forces le Socialisme

impuissant, immoral, propre seulement à faire des dupes et des escrocs! Je le déclare en présence de cette propagande souterraine, de ce sensualisme éhonté, de cette littérature fangeuse, de cette mendicité, de cette hébétude d'esprit et de cœur qui commence à gagner une partie des travailleurs, je suis pur des folies socialistes. »

Non, malheureux, tu n'es pas pur de ces *folies socialistes!*

Ce n'est pas lorsqu'on a irrité le faubourg, ameuté la multitude, corrompu l'ouvrier, conseillé aux jeunes apprentis dans les ateliers de s'émanciper de l'autorité paternelle, et qu'on a jeté ainsi dans leur esprit les premiers germes de la révolte; ce n'est pas lorsqu'on leur a enseigné, en les trompant indignement au profit du socialisme, que le travail devait s'appeler révolutionnairement *l'Exploitation de l'homme par l'homme;* ce n'est pas lorsque, par des doctrines immorales, dissolvantes, on a été cause que les ateliers se sont fermés, que les ouvriers, transformés d'une manière dérisoire en soldats de tragédie, ont cherché à vivre *n'importe comment;* ce n'est pas quand on a porté la démoralisation au foyer de la famille, jeté la plus profonde perturbation dans les principes politiques et économiques, désagrégé le lien *familial* en proclamant le divorce; ce n'est pas quand on a essayé, pendant vingt ans, de détruire par les moyens les plus coupables le respect dû à l'autorité, lorsqu'on a frappé à coups redoublés l'édifice social sous toutes ses formes, que les bandits de la Commuue, au nom du socialisme de Proudhon, ont envahi les églises, pillé leurs trésors, violé les foyers, fusillé les otages, incendié les monuments de la gloire nationale; ce n'est pas, en un mot, lorsqu'on a été le père de la Révolution, je me trompe, du brigandage de 1871, qu'on peut se dire pur *de ces folies socialistes.*

J'en atteste les doctrines que j'ai citées, j'en atteste les conséquences de ces doctrines, c'est-à-dire les faits qui viennent de se dérouler : quelle que soit d'ailleurs la dernière page du livre, quel que soit le repentir de la dernière heure, quels que soient les regrets qu'a pu faire naître dans cette âme démagogique, parce qu'elle a été anti-religieuse, la prévision des excès qu'elle craignait, mais qu'elle avait appelés et qu'elle était impuissante à arrêter,

Non, Proudhon n'est pas pur de ces folies socialistes,

Oui, Proudhon est le vrai coupable dans nos derniers désastres !

Voilà le mal : il n'est pas ailleurs. Et toute enquête, quelles que soient la conscience et la compétence des commissaires, toute enquête qui ne se placera pas à ce point de vue, sera une enquête inutile, si elle n'est pas dérisoire.

M. Haentjens a demandé à la Chambre la nomination de trente membres, à l'effet de rechercher par voie d'enquête les causes de l'insurrection de Paris. Je ne connais pas la nature des travaux de cette commission. Je ne connais pas le résultat de ses recherches ; mais si elle n'a pas découvert à la source de ce fleuve empoisonné la théorie socialiste, c'est-à-dire la triple négation de la Religion, du Pouvoir et de la Propriété ; si, en outre, elle n'a pas indiqué le remède à appli-

quer sur ce triple cancer qui dévore la nation,
que la Commission me permette de le lui dire, elle
n'a rien fait; ses travaux et ses conclusions demeureront stériles. Elle pourra, peut-être, avec le
secours de la force, détourner quelques instants
le courant du fleuve socialiste; mais qu'elle le
sache bien, le canon ne peut rien contre ses en-
vahissements. Le torrent coulera toujours, en attendant qu'il déborde de nouveau, pour jeter sur
ses rives du pétrole et du sang.

On a pu découvrir sans doute à quel jour, à
quelle heure, dans quelle rue, dans quelle maison
a été tiré le premier coup de fusil, a éclaté la
première bombe; on a pu savoir avec quelles
ressources, avec quelles réquisitions, avec quelles
spoliations violentes, avec quel or international, la
Commune a payé trente sous par jour à ses soldats; la police vigilante a pu saisir quarante mille
coupables, qu'elle a livrés à la justice; elle sait
même dans quelle échoppe, chez quel marchand
de vin, chez quel concierge, il faut surveiller un
homme suspect qu'elle n'a pu convaincre de com-
plicité; le gouvernement connaît tous ces détails

par sa commission d'enquête; — Je le veux bien.
Mais, au nom des plus chers intérêts de notre
Patrie malheureuse, qu'il n'oublie pas que tous
ces détails ne sont que les instruments matériels
de la Révolution. Et, s'il se contente de prendre
les mesures de prudence ordinaire contre ces
dangers, il demeure découvert, il laisse se préparer un second brigandage à terme prochain;
car il n'a pas atteint le vrai coupable. Ce n'est
pas dans cette usine connue, dans cet atelier si-
gnalé, que se fabriquent vraiment les bombes
fulminantes, les obus à pétrole, les balles explo-
sibles, les fusils à vent qui ont fait impunément
tant de victimes aux dernières heures de l'émeute;
ce n'est ni en Amérique, ni en Angleterre, que
s'alimente le foyer de la démagogie; c'est à côté
de nous, c'est au milieu de nous, c'est sur les
bancs des écoles sceptiques et sans Christ; c'est
dans les livres mêmes que certain enseignement
laïque payé par le gouvernement met entre les
mains de la jeunesse; c'est dans une certaine
presse immorale qui se fait lire par le scandale
attrayant de son impudeur; c'est, en remontant

plus haut, dans l'indifférence du gouvernement
lui-même pour toutes les questions fondamentales
de Religion et d'enseignement, qui sont toujours
les dernières dans le programme de ses préoccu-
pations. — Voilà sûrement les ateliers où se for-
gent les engins des Révolutions, où s'entretien-
nent la vie et la force du Socialisme radical. Il en
sera toujours ainsi — je veux le dire bien haut —
tant que les gouvernements paieront quatre mille
francs à M. Renan pour enseigner à la jeunesse
que Jésus-Christ n'est pas Dieu, à M. Taine pour
enseigner que la vertu et le vice peuvent être
deux produits climatériques, comme le sucre et le
vitriol ; tandis qu'ils tiendront pour suspects les
fils du Père Lacordaire à Arcueil, parce qu'ils
enseignent aux enfants le catéchisme et les vertus
patriotiques.

Ah ! montez donc sur une barricade au jour
de l'émeute ; cherchez, parmi cent mille insurgés,
les armes à la main, un jeune homme qui entende
la messe le dimanche, et qui se confesse à
Pâques. — Vous ne le trouverez pas. C'est Dieu,
et Dieu seul, qui met au cœur du Français le

respect de l'autorité dans la vie sociale, et la vertu patriotique, au jour où la patrie est en danger.

En voici une preuve que personne n'osera démentir.

Demandez à M. Gambetta où étaient ses amis, quand la Prusse enfonçait son épée dans le cœur de la France : il vous montrera les salons de toutes les préfectures, les parquets de toutes les cours, ou, tout au plus, les États-Majors et les Intendances militaires.

Demandez à M. de Cathelineau où sont aujourd'hui tous ces jeunes gens chrétiens qui étaient accourus à sa voix pour défendre la Bretagne : il ne pourra plus vous en montrer que quelques-uns, mutilés ou épuisés ; les autres se sont jetés entre le canon de la Prusse et le cœur de la France.

Revenons donc à Dieu, si nous voulons revenir à la paix et à l'honneur national. Que le gouvernement nous en donne l'exemple, qu'il revienne à la foi, et qu'il ne rougisse pas de la pratiquer. Que la jeunesse oublie de mépriser le Prêtre, parce que, comme le disait, il y a quelques jours, le

grand Évêque d'Orléans, quand on méprise le
Prêtre, on est bien près de fusiller les otages : le
sentiment qui commande le mépris est le même
que celui qui commande le feu. « Vous vous plai-
gnez, disait-il, que la Religion vous menace ; elle
ne vous menace pas, elle vous manque. En effet,
l'athéisme social est la première cause de nos
malheurs et de notre décadence. Un peuple qui
ne croit pas n'est pas loin de la barbarie, et il des-
cend alors à ces extrémités honteuses dont nous
venons d'être les témoins. »

Voici un autre témoignage d'une grande autorité :

Un jour, l'Empereur Napoléon Ier s'entrete-
nait avec M. de Fontanes, futur grand-maître de
l'Université, de quelques difficultés qu'il rencon-
trait dans la rédaction d'un programme d'enseignement. « Il faut, lui dit-il, me faire des élèves
qui sachent être des hommes. Et vous croyez,
s'écria-t-il en élevant la voix, vous croyez que
l'homme peut être homme, s'il n'a pas Dieu ? Sur
quel point d'appui posera-t-il son levier pour sou-
lever le monde, le monde de ses passions et de ses

fureurs? L'homme sans Dieu, je l'ai vu à l'œuvre depuis 1793! Cet homme-là, on ne le gouverne pas, on le mitraille; de cet homme-là, j'en ai assez! Ah! et c'est cet homme-là que vous voudriez faire sortir de mes Lycées! Non, non : pour former l'homme qu'il nous faut, je me mettrai avec Dieu; car il s'agit de créer, et vous n'avez pas encore trouvé le pouvoir créateur, apparemment! »

Après ces diverses considérations, il s'impose à notre esprit et à notre cœur de prêtre et de Français une question du plus haut intérêt, mais à laquelle il est plus facile de donner une réponse qu'un remède efficace.

Pourquoi, depuis plus de cent ans, des périodes qui sont devenues régulières nous précipitent-elles successivement de la liberté immodérée au despotisme, et réciproquement? Pourquoi la liberté nous grise-t-elle, après quelques jours, et nous jette-t-elle dans les excès de l'Anarchie? Pourquoi sommes-nous toujours prêts à lever la tête contre l'autorité? Pourquoi l'autorité elle-même, participant du mal radical de la nation, épuise-t-elle en peu de temps son crédit et sa dignité? Pourquoi, au lendemain d'un coup d'État, courbons-nous honteusement la tête sous la main de fer du despotisme, tandis que nous élevons bien haut la voix pour proclamer notre amour d'indépendance? Pourquoi enfin, malgré cette générosité franche et grande que l'Europe se plaît à reconnaître à la France, ne pouvons-nous réussir à creuser un lit calme et profond contre le despotisme et l'anarchie, à notre nation? Que manque-t-il donc à ce peuple français, pour être digne de conserver, à la tête de l'Europe et du monde, la place historique, glorieuse, incontestée, qu'il a conquise par tant de mérites, par tant de gloire et tant de sacrifices? — Ce ne sont ni les hommes, ni les ressources, ni la magnanimité qui nous manquent; ce n'est ni l'or, ni l'industrie, ni cette vitalité puissante qui peut, en quelques années, élever un pays au premier rang des nations. La France est riche de toutes ces choses qui la rendent un objet d'envie pour les grands États. Mais, je le répète encore, la France manque d'une Constitution sage et surtout respectée; d'une constitution écrite non pas pour une dynastie ou pour un système politique préconçu et passionné, mais pour elle-même et pour son bien. Ses gouvernants ont manqué, et manquent encore, de sincérité et de vrai patriotisme, de ce patriotisme qui est l'oubli de soi au profit du pays ; ses gouvernés, abaissés, appauvris dans leur caractère, se sont retirés dans cet égoïsme anti-social, le plus dangereux ennemi de la prospérité d'un peuple. En haut comme en bas, comme dans toute l'étendue de l'échelle sociale, la France a manqué d'une force morale capable de former dans la nation une âme grande, élevée, incorruptible ; la France a manqué de Dieu, parce qu'elle n'a pas su résister à l'entraînement du dix-huitième siècle, parce qu'elle s'est armée contre Dieu de l'ironie, fille de Voltaire et de Proudhon. Dans sa légèreté, elle a ri de Dieu comme elle rit de tout ; mais, cette fois, elle a été trop loin ; son rire a été sacrilége. — Elle sait maintenant ce qu'il en coûte d'honneur et de sang ! Elle a certainement dans son tempérament national de quoi se relever en se prenant à Dieu ; mais, si elle ne laisse tomber de ses lèvres ce rire impie qui a renversé sa grande royauté, et qui la retient encore dans les déchirements de la Révolution, la France est perdue, et les malheurs qui viennent de l'accabler ne sont que le commencement de sa ruine.

Lorsqu'au dernier siècle, la Pologne sentit déchirer sa poitrine par les serres de trois vautours, elle poussa ce cri de désespoir : *Dieu est trop haut et la France trop loin!* Puisse notre cher pays n'être jamais réduit à cette dure agonie! Puisse-t-il se rapprocher de Dieu, conserver et grandir sa foi catholique, étouffer les emportements orgueilleux de son scepticisme! Si la France redevient catholique, elle se relèvera de sa chute profonde; mais, qu'elle ne l'oublie pas, ce ne sera qu'à cette condition. Avec le catholicisme bien entendu, sincèrement accepté, la France trouvera pour ses institutions politiques la force et la fixité de ses principes religieux.

On cherche à nous effrayer de toute part, en nous annonçant la déchéance des races latines. Le protestantisme, dit-on, surtout à l'occasion des derniers triomphes de la Prusse, le protestantisme triomphe en Europe. Oui, je l'avoue, les apparences semblent donner raison à cette opinion. Mais j'en ai la certitude inébranlable, ce triomphe ressemblera au triomphe violent de la Commune dans Paris. Car, malgré la parole célèbre, mais insensée, qui a retenti en Europe il y a quelques mois, le droit doit primer la force, parce qu'il est éternel, parce qu'il vient de Dieu.

Oui, si la France eût été protestante, elle n'eût peut-être pas éprouvé les secousses qui viennent de l'ébranler.

Le protestantisme, en consacrant le libre examen, l'émancipation de la pensée, est essentiellement révolutionnaire. Aucun système, politique ou religieux, ne nous conduit aussi directement à la licence de l'esprit, au dogme de la liberté absolue, à l'apothéose orgueilleuse de soi-même, c'est-à-dire au mépris de toute autorité, et, en dernier ressort, au principe de Proudhon, au socialisme, avec lequel, par nature, il doit être disposé à fraterniser, puisqu'il n'est lui-même qu'un socialisme religieux.

Le catholicisme au contraire, loin de pactiser avec le socialisme, doit exciter, et excite en effet toutes ses haines : il se présente à lui, non plus avec la licence de la pensée, nécessaire à ses principes anarchiques, mais avec la résistance invincible de ses dogmes éternels, sur lesquels ni menaces, ni séductions ne peuvent le faire transiger. Et tandis que l'Église catholique professe la plus grande condescendance dans sa discipline, elle est toujours prête à répéter pour son symbole la parole célèbre que saint Pierre adressait courageusement aux princes des prêtres et aux sénateurs, *non possumus,* et à verser son sang pour attester sa foi.

Voilà pourquoi la France, ayant abandonné de fait la pratique du catholicisme, se trouve en contradiction avec ses antiques croyances. Voilà pourquoi, se repliant sur elle-même, et passant de l'ordre religieux à l'ordre social, elle doit perpétuer dans son sein la guerre civile, c'est-à-dire, par une loi nécessaire et fatale, s'affaiblir peu à peu, descendre de plus en plus ; et cette défaillance ira toujours grandissant, tant que nous n'aurons pas rattaché notre foi religieuse et, par elle, nos institutions politiques, à la parole immortelle de l'Apôtre ; tant que nous ne serons pas revenus généreusement au catholicisme de Clovis et de saint Louis ; tant qu'à l'exemple de la malheureuse Pologne, nous laisserons Dieu trop haut et la sagesse trop loin.

III

LES VICTIMES.

Les faits qu'on va lire ne forment pas un chapitre étranger à la première partie de ce petit livre. Ils n'en sont que la confirmation et la conséquence visible. Ils vont se dérouler comme la péroraison en action du programme socialiste. Ici comme dans ce qui précède, nous allons trouver l'esprit de l'An-Archie *Proudhonienne* dictant sa loi de négation et de haine, de spoliation et de sang, aux suppôts de la Commune.

Bien que ces faits me soient presqu'entièrement personnels, je n'hésite pas à les écrire.

On trouvera plus tard, dans cette collection de récits partiels, mais sincères et complets, qui ont été publiés sur ces tristes temps, les éléments d'une grande histoire de l'Eglise de Paris, sous la persécution de la Commune, en 1871.

Cette persécution a fait des victimes dans le clergé ; elle a fait éclater aussi dans la population catholique des actes d'une vertu héroïque, qu'on n'avait pas vus se produire depuis 1793 : Dieu ne pourra pas oublier pour l'avenir tant de dévoûments et tant de prières, et il nous est permis de voir entre la justice divine et les fautes de notre ville coupable, le sang de tous nos martyrs.

Dès le 18 mars, l'émeute occupait la place Vendôme, le Château-d'Eau, les ministères, l'Hôtel-de-Ville, presque toute la rive droite de la Seine.

Vers cinq heures du soir, j'entendis de ma chambre la fusillade de l'Hôtel-de-Ville. Je vis la foule se disperser précipitamment, et deux ou trois gardes de Paris furent tués par les fédérés sur la rue de Rivoli. Le lendemain matin à six heures, en allant dire la messe, je vis sur la pointe de Rivoli, quatre femmes qui achevaient de se partager les restes d'un cheval de gendarme. Ce pauvre gendarme avait été tué, et ses habits étaient encore suspendus à un arbre à côté de l'Église.

Le 20 mars, le Comité central, composé de membres affiliés à la société internationale, avait déjà constitué son centre de résistance. Il venait d'inaugurer par un double crime le régime de cette puissance qui devait finir deux mois plus tard dans le sang des otages, dans les flammes de Paris incendié et ruiné. Les deux généraux Lecomte et Clément Thomas, conduits dans une maison de la rue des Rosiers, où siégeait le Comité central, avaient été assassinés le samedi, dans un jardin attenant à cette maison. Le *Journal officiel* de la Commune osa faire l'apologie de ce meurtre, en disant que les deux généraux, espions et assassins des femmes, avaient subi la juste loi de la guerre.

Le 22, il voulut poser son autorité par des actes dignes de lui. Il ouvrit les prisons, donna des armes aux voleurs, aux assassins, aux repris de justice, aux malfaiteurs de toute sorte, mais en revanche, il commença à prendre des otages.

Ce même jour, vers quatre heures de l'après-midi, une manifestation sans armes, qui se présentait sur la place Vendôme, à l'état-major de la garde nationale, pour revendiquer les droits de l'Assemblée élue par le pays, fut accueillie par une décharge meurtrière. Dix ou douze victimes tombèrent sous les balles des fédérés. Le Comité central, adoptant une tactique qu'il a conservée jusqu'au dernier jour, pour irriter la population parisienne contre le Gouvernement de Versailles, ne craignit pas d'en faire retomber la faute sur une prétendue provocation partie des rangs de la manifestation.

Le 28, après les élections illégales du Conseil communal, auxquelles tout le Paris honnête refusa de prendre part, la Commune révolutionnaire s'installa solennellement à l'Hôtel-de-Ville, et fit arborer le drapeau rouge.

Le Comité central n'abdiqua qu'en apparence ; car, ayant conservé son influence occulte sur la garde nationale, c'est-à-dire sur la force, par ses affiliés, il dirigea en réalité tout le mouvement; et lui-même, s'il faut en croire des bruits qui me paraissent fondés, lui-même vécut à la merci

4.

d'un sous-comité composé de toute la lie de la garde nationale. Quoi qu'il en soit, le Comité central ou le sous-comité firent souvent accepter de force à la Commune des mesures qu'elle avait refusé de voter en assemblée générale à l'Hôtel-de-Ville.

A côté l'un de l'autre, ces deux pouvoirs criminels ont vécu constamment en lutte. Nous en avons pour preuve les décrets contradictoires qu'ils faisaient afficher sur nos murs, et, en particulier, ceux qu'ils ont rendus pour la levée en masse des citoyens, dans des limites d'âge différentes. Malgré cette division, ils ont eu pour caractère commun la haine profonde de tout bien, le mépris le plus audacieux de tous les droits. Il est évident qu'ils ont voulu reproduire une imitation servile de 1793. Ils ont fait un ridicule plagiat du comité de salut public, un ridicule plagiat de la Commune; ils ont tristement parodié la loi des suspects, l'institution du tribunal révolutionnaire, la mise en accusation, et quelquefois la condamnation des chefs militaires que la fortune avait trahis; ils croient avoir laissé bien loin der-

rière eux la gloire de leurs ancêtres révolutionnaires, en donnant pour pendant aux massacres
de septembre, l'assassinat des otages. Mais 1871
n'a reproduit que la comédie basse et ridicule de
1793 ; car, il faut l'avouer, la révolution de 1789
sut trouver autre chose pour défendre une idée
qui pouvait prétendre à quelque justice, que les
fanfarons galonnés, les pasquins sanguinaires,
les lâches pillards de 1871.

Dans les premiers jours d'avril, on se saisit de
Mgr l'Archevêque, de M. le Curé de la Madeleine,
d'un grand nombre d'ecclésiastiques et de religieux, et on les conduisit à la Conciergerie, avec
M. le Président Bonjean.

A cette même époque, Rochefort, l'homme le
plus inepte, le plus lâche de la révolution, a donné
dans son journal, LE MOT D'ORDRE, le signal du
pillage dans les églises et dans les couvents. Il
était certainement à la hauteur de cette idée : en
réunissant toute sa valeur, celle qu'il avait mon-
trée, par exemple, aux funérailles de Victor Noir,
il était capable de marcher sur Notre-Dame, armé
jusqu'aux dents, escorté de cinq cents Vengeurs

de la Seine, et de s'emparer d'un calice qui n'était pas défendu !

Les biens du clergé furent frappés de confiscation. « Ce fut alors, à travers les couvents et les églises de la capitale, une suite non interrompue d'inquisitions odieuses et de spoliations sacriléges. »

A Saint-Pierre de Montmartre, le clergé fut arrêté, et les portes de l'église fermées. Le plus célèbre forban de la Commune, LE MOUSSU, commissaire spécial aux délégations de la préfecture de police, le bras droit de Raoul Rigault, de Duval et de Ferré, et avec lequel j'ai dû faire connaissance plus tard dans de tristes circonstances, fit afficher le placard suivant :

« Attendu que les prêtres sont des bandits, et que les églises sont des repaires où ils ont assassiné moralement les masses, en courbant la France sous la griffe des infâmes Bonaparte, Favre et Trochu, le délégué civil des Carrières près l'ex-préfecture de police, ordonne que l'église Saint-

Pierre-Montmartre (1) soit fermée, et décrète l'arrestation des prêtres et ignorantins.

« LE MOUSSU. »

Dès lors, une menace de proscription générale planait sur tout le clergé, mais plus particulièrement sur les curés de Paris.

Le Jeudi-Saint, 6 avril, pendant les offices du soir, un commandant d'état-major de la place Vendôme vint prévenir M. le Curé de Saint-Paul-Saint-Louis que, pour cinq cents francs, il lui livrerait des ornements d'église que les fédérés avaient enlevés dans une perquisition. Cet officier n'avait pas apporté ces ornements avec lui : il fallait donc l'accompagner à la place Vendôme, où il devait en faire la remise, en retour de la somme demandée. Craignant, un instant, que ces objets ne fussent profanés, M. le Curé allait donner les

(1) On voit que ce placard a été fait dès les premiers jours de la Commune, alors que ces sbires n'avaient pas encore contracté l'habitude de la formule socialiste qui consiste à supprimer le *saint* devant tous les mots où il se trouve. Quelques jours plus tard, on ne disait plus que le *club Eustache*, le *club Leu*, le *faubourg Germain*, l'*église Sulpice*.

cinq cents francs. Mais bientôt il se ravisa et congédia l'officier. On pouvait facilement supposer que ces ornements, acceptés au prix d'une telle somme, seraient pillés de nouveau, et vendus une seconde fois ; et d'ailleurs les allures équivoques de l'officier faisaient légitimement soupçonner à M. le Curé que sa proposition cachait un piége.

Il en eut la conviction peu de temps après ; car un avis officieux l'avertit que le Préfet de police, Raoul Rigault, avait inscrit son nom sur la liste des otages, et qu'il devait au plus vite se mettre en sûreté.

Le samedi, 15 avril, je pris la résolution de ne pas quitter l'église. M. l'abbé Faure, mon confrère à la paroisse, prit la même résolution ; et nous avons pu continuer ensemble, avec le concours dévoué de trois prêtres polonais, le service paroissial jusqu'au 21 mai, jour de notre arrestation. C'est dans ces quelques jours, si pénibles et si périlleux, que j'ai pu apprécier le cœur sacerdotal de M. l'abbé Faure. Sa foi profonde a soutenu mon courage jusqu'au bout : qu'il me permette de lui en exprimer ici ma cordiale gratitude.

Le mardi, 18 avril, j'apprenais de toutes parts
que les perquisitions dans les églises se multi-
pliaient, et qu'elles étaient suivies de nombreuses
arrestations parmi le clergé. Saint-Merry et Saint-
Gervais, les églises les plus rapprochées, avaient
été envahies par les gardes nationaux. Je craignais
vivement un sacrilége pour notre belle église.
Dans cet état d'anxiété, je résolus d'aller trouver
les membres de la Commune, délégués à l'administration du IVᵉ arrondissement auquel appar-
tient notre église, et de savoir directement avec
eux quel sort nous était réservé. Je me trouvai en
présence de deux citoyens membres de la Commune, Eugène Gérardin et Arthur Arnould. Le
premier passa en sautoir son écharpe rouge et
sortit presque immédiatement. La Providence
voulut qu'Arthur Arnould, auquel je dus m'adres-
ser, représentât la nuance modérée de la Commune ; je serais peut-être demeuré entre les mains
d'un *communeux* plus radical.

Comme il n'était plus possible au vêtement
ecclésiastique de se montrer en public, j'étais allé
à la mairie avec des habits laïques ; mais je me

fis connaître immédiatement. « Monsieur, dis-je à A. Arnould, je suis prêtre, chargé, pendant l'absence de M. le Curé, de la paroisse Saint-Paul-Saint-Louis, qui dépend du IVᵉ arrondissement. Vous devez savoir ce qui se passe autour de nous : on pille les églises et on arrête les prêtres. Si la même chose se produit dans notre église, comme elle se trouve sur une grande voie, il y aura un rassemblement nombreux sur la rue Saint-Antoine, peut-être du tumulte et du désordre, et l'on ne manquera pas d'insinuer que j'ai ameuté la foule. Je viens donc vous demander de faire fermer l'église immédiatement, et de m'arrêter sans bruit, pour éviter le désordre de la rue et la profanation de l'église. — Mais non, me répondit A. Arnould, ce n'est pas là mon intention. J'ai appris que vous faisiez parfois fermer la grande porte de l'église ; je vous prie au contraire de l'ouvrir, comme vous le faisiez d'ordinaire, et d'y continuer régulièrement vos fonctions, afin que la population puisse y aller librement. La Commune a décrété la séparation de l'Église et de l'État, mais elle veut la liberté pour tous, pour les Catholiques, comme pour les Protestants.— « Dans ce cas, lui dis-je, puisque vous m'autorisez à célébrer les offices religieux, je vous demande, étant votre administré, de me protéger contre la violence, et de me prêter main forte si je suis victime d'un coup de main dans mon église, comme il est arrivé à un grand nombre de prêtres. » — Je vous en donne ma parole, me répondit-il. Si une perquisition est faite dans votre église, celui qui en sera chargé devra vous présenter un mandat écrit. Je vous promets que vous n'en recevrez pas de la mairie (1). Si le mandat est signé par le Préfet de police, la chose est au-dessus de mes attributions, et se fera régulièrement. Dans tout autre cas, la perquisition sera illégale ; et, si vous pouvez m'en faire prévenir, je me rendrai immédiatement auprès de vous pour faire cesser le désordre. »

Comme nous vivions dans un temps où les pro-

---

(1) Si sa parole était sincère, il comptait sans les violences du Comité central qui devait, peu de jours après, lui forcer la main : il a signé l'envahissement de l'église par le club du Théâtre-Lyrique.

messes, surtout celles des membres de la Commune, pouvaient être illusoires, je ne comptais pas pleinement sur celle-ci, bien qu'elle m'eût inspiré quelque assurance. Rien ne vint, en effet, troubler nos offices religieux pendant la fin d'Avril. Au 1ᵉʳ Mai, nous commençâmes les exercices ordinaires du mois de Marie. — Mais le vendredi 5, à sept heures du soir, je vis entrer chez moi trois gardes nationaux, dont l'un était armé. Ils m'annoncèrent qu'ils allaient faire une perquisition dans l'église, et qu'ils venaient me demander les clefs. Je les suivis, et je trouvai en arrivant chaque porte gardée par une sentinelle. Dans le passage Saint-Louis étaient placés six gardes nationaux également armés, et qui me manifestèrent leur mécontentement d'être obligés de faire des corvées aussi pénibles que celle d'envahir une église. Ces dispositions me parurent de bon augure, et me firent espérer qu'il n'y aurait pas de profanations.

Pendant qu'on était venu me prévenir, le commissaire de la rue Vieille-du-Temple, qui présidait à la perquisition, avait déjà commencé ses recherches chez le suisse ; ce dernier avait été dénoncé à la police comme détenteur d'objets précieux servant au culte. C'est en effet chez lui qu'on portait tous les soirs deux calices, deux ciboires ordinaires et un petit ostensoir, qui servaient seuls depuis le commencement des difficultés : les autres objets plus précieux avaient été mis en sûreté. On emporta ces cinq objets, ainsi qu'une boîte d'extrême-onction, et on les mit dans un grand panier ; puis on vint commencer la perquisition dans l'église.

Sur ma demande, le commissaire qui, d'ailleurs, fut parfaitement convenable, me montra le mandat qui l'autorisait à pénétrer dans l'église avec ses hommes.

On avait à peine donné un coup d'œil dans la sacristie, que la nuit survint. Comme la perquisition minutieuse qu'ils voulaient faire eût été fort longue à la lumière, il fut convenu qu'on allait l'interrompre, qu'on mettrait les scellés sur toutes les portes à l'intérieur, afin que rien ne pût être soustrait pendant la nuit, et qu'on recommencerait les recherches le lendemain, à quatre heures du matin, pour que la messe de six heures pût être dite comme à l'ordinaire.

Je dois rendre justice aux gardes nationaux qu'on avait échelonnés dans l'église et le passage Saint-Louis, jusqu'à la rue Saint-Paul; je le fais avec d'autant plus de bonheur que leur exemple était moins commun. Pendant qu'on scellait les portes, l'un d'eux vint me demander secrètement si je consentais à ce que ses camarades et lui me fissent laisser de force les objets que les inquisiteurs voulaient emporter. Je le remerciai beaucoup de son généreux sentiment, et le priai de remercier également les autres, quand il le pourrait sans se compromettre. Je lui fis remarquer que, s'il pouvait avoir facilement raison de trois ou quatre délégués, une heure après, tout un bataillon, furieux de la résistance, viendrait mettre le feu dans l'église.

Avant de sortir, je demandai qu'on voulût bien laisser les vases sacrés dans l'église, puisque les portes en étaient scellées. Les agents se retirèrent à l'écart pour en conférer, puis vinrent m'annoncer que ma demande était rejetée. « Puisque votre mandat, leur dis-je, émane de la Mairie du IVe arrondissement, c'est là probablement que vous allez rendre compte de vos recherches. Eh bien, j'y vais avec vous pour réclamer ces objets à un membre de la Commune. » Nous nous mîmes en marche vers la Mairie.

Je n'y trouvai qu'un jeune secrétaire, qui voulut rédiger le procès-verbal de la perquisition, en attendant le citoyen Gérardin qui était annoncé. Quand il fallut faire l'inventaire des objets enlevés, ils furent unanimement embarrassés pour en trouver le vrai nom ; ils n'auraient surtout jamais découvert le nom de la patène qui, disaient-ils, devait être une petite assiette à dessert. « Le citoyen vicaire, dit le secrétaire, aura la bonté de nous indiquer le nom propre de chaque objet, pour que l'inventaire soit régulièrement rédigé. » Je m'y prêtai volontiers ; mais pour me dédommager de tous les *saints* qu'on nous supprimait dans le langage communeux, je ne pus résister à l'envie de leur faire canoniser, dans la rédaction de l'inventaire, chaque objet dérobé. Ils étaient tous trop ignorants pour supçonner le moins du monde cette plaisanterie, bien que deux d'entr'eux aient déclaré avoir été enfants de chœur dans leur village.

Après une demi-heure d'attente, le citoyen Gérardin entra dans la salle de la Mairie. Je lui dis ce qui avait été fait dans l'église, et je lui demandai de pouvoir rapporter avec moi ces objets, dont j'avais besoin pour le lendemain. Sa première réponse fut un refus.

— « Je croyais, lui dis-je, que vous partagiez les opinions de M. A. Arnould, et que vous aimiez franchement la liberté ! »

— « Oui, j'aime la liberté, me répondit-il, et je la veux pour tous d'une manière absolue. »

— « Excepté pour moi ! »

— « Pour vous comme pour tout le monde ; vous pouvez exercer en liberté dans votre église, vous n'y serez pas tracassé ; mais je ne peux vous rendre ces objets. »

— « Non, répliquai-je un peu vivement, non, vous n'aimez pas la liberté, si vous gardez ces vases sacrés. Comment! vous allez chez un peintre, vous prenez son pinceau, vous le brisez ou vous l'emportez, et vous lui dites : — Je te permets de continuer tes travaux ! — Est-ce bien là ce que vous appelez la liberté absolue pour tous? Vous m'autorisez à retourner à l'église, à dire la messe tous les jours, mais vous retenez des objets qui me sont indispensables, et c'est là ce que vous appelez aimer la liberté? — Qu'en pensez-vous? » Je craignis un instant que ma sortie un peu vive ne l'eût irrité ; mais il en fut autrement, et ma comparaison ne demeura pas sans effet sur son esprit. — Il refusa de me rendre à l'instant les vases sacrés, mais il me promit de me les faire rapporter le lendemain matin, par les commissaires qui devaient venir rompre les scellés et continuer la perquisition dans l'église.

Le lendemain matin, samedi, les vases me furent en effet rapportés, et la perquisition fut terminée avant la messe de six heures, comme il avait été convenu. Avant de se retirer, le commissaire de police m'avoua qu'il avait été chargé de faire cette perquisition en forme d'inventaire, afin que la Commune pût installer une réunion publique dans l'église, si elle le jugeait nécessaire : après avoir ainsi constaté l'état du mobilier, elle pourrait mieux le faire respecter. Je dois avouer que je ne m'attendais pas à cette tendre sollicitude de la part de mère Commune, — je m'étudiais avec le plus grand soin à ne pas mériter son attention. Le commissaire me révéla en outre, avec quelque bonté, qu'il avait reçu contre moi personnellement un mandat de perquisition domiciliaire, et, tout récemment, de la Préfecture de police, deux mandats d'arrêt, avec menace des peines les plus graves, si je n'étais promptement saisi. « Je n'ai pas eu le temps de remplir le premier, me dit-il, et j'ai trop de répugnance à remplir les deux autres. Cependant tenez-vous sur vos gardes ; je sais qu'un marchand de vin de votre quartier, ennemi des prêtres et des églises, et furieux de voir la vôtre encore ouverte, est allé vous dénoncer à la Préfecture. Il vous accuse d'avoir avec Versailles des relations dangereuses pour la Commune : j'ai dans mon bureau la preuve écrite de ce que je vous dis (1). »

Je remerciai le commissaire de sa bienveillance, et je redoublai de vigilance pour passer inaperçu tous les jours, dans le trajet de mon domicile à l'église, afin de pouvoir continuer jusqu'à la fin le ministère paroissial.

La terreur de la persécution et de la proscription augmentait tous les jours. Les frères de la doctrine chrétienne étaient chassés de leurs écoles, et remplacés dans l'enseignement par les premiers aventuriers qui offraient leurs services. Les sœurs de Saint-Vincent de Paul, après avoir été pillées à la rue du Fauconnier, étaient également remplacées par des citoyennes à longue ceinture rouge, sachant à peine lire et écrire, mais, en revanche, apprenant aux enfants à oublier leur prière et à chanter la Marseillaise. Un très-grand nombre de familles comprirent le dan-

(1) J'apprends que ce commissaire vient d'être arrêté, et transféré de la Préfecture de police à la prison Mazas. Je sais qu'il a eu pour plusieurs autres personnes les bons procédés qu'il a eus pour moi. J'espère être assez heureux pour adoucir les rigueurs de sa réclusion.

5.

ger d'une telle éducation, même pour quelques
jours, et défendirent à leurs enfants de fréquenter
l'école. On sait qu'une jeune fille de quatorze
ans eut le courage de menacer une *citoyenne
institutrice*, qui voulait briser une petite image
de la sainte Vierge que cette enfant plaçait sur
son bureau pendant son travail. On cite encore
telle autre classe où les enfants, avant de commencer l'étude, se mettaient à genoux, et réci-
taient à haute voix la prière ordinaire, pendant
que la *citoyenne* les regardait faire.

Nous jouissions d'un certain calme pour notre
église, et il en était à peu près de même dans
tout le IV° arrondissement, grâce à la modéra-
tion relative des cinq membres de la Commune
préposés à son administration (1). Je savais qu'un
grand nombre d'églises étaient envahies tous les
soirs par des réunions publiques bruyantes et
scandaleuses, dans lesquelles on professait les
doctrines les plus atroces et les plus immorales.

(1) Nos cinq administrateurs au IV° arrondissement, et
membres de la Commune, étaient : Arthur Arnould, Eugène
Gérardin, Adolphe Clémence, Charles Amouroux et Lefrançais.

Je craignais vivement qu'un tel malheur fût réservé à Saint-Paul-Saint-Louis ; et je me demandais s'il ne me répugnerait pas trop, dans de si cruelles circonstances, de continuer à célébrer la messe dans l'église.

Un bon conseil vint trancher la question.

J'appris que Mgr Buquet n'avait pas voulu quitter Paris dans les circonstances douloureuses où se trouvait l'administration diocésaine. Pendant la réclusion de Mgr Darboy et de ses grands vicaires, il avait pris courageusement la direction des affaires, la concession des dispenses, et Dieu a évidemment récompensé ce dévoûment en protégeant sa vie. J'allai lui demander une décision. Il avait lui-même appelé à son conseil pour cette question l'expérience et les lumières de M. Hamon, curé de Saint-Sulpice ; ils avaient jugé l'un et l'autre que la présence d'un club ne pouvait, au point de vue théologique, souiller une église, et qu'il valait mieux continuer la célébration des offices, afin ne ne pas priver les bons catholiques de cette consolation. — Mgr Buquet me témoigna la plus grande bonté ; je trouvai dans la bénédiction qu'il me donna le courage dont je devais avoir besoin dans des circonstances difficiles, et dans lesquelles sa décision allait devenir pratique.

La Société des concerts pour les blessés et les orphelins de la Commune avait cédé le Théâtre-Lyrique au Comité de vigilance du IVe arrondissement, qui y tenait son club tous les soirs. La Société voulant s'installer de nouveau dans ce local, le Comité de vigilance dut se retirer, et nous fûmes leur victime.

Le mercredi, 17 mai, je reçus, après ma messe, la visite d'un ami qui avait assisté la veille au club du Théâtre-Lyrique. Il m'apprit qu'à la fin de la séance, le président avait déclaré que le club ne se tiendrait plus dans ce lieu. — « Dès demain, annonça-t-il, et jours suivants, à sept heures et demie du soir, nous nous réunirons à l'église *Paul-Louis* du IVe arrondissement, rue Saint-Antoine. » — Mon ami était encore là, lorsque deux gardes nationaux entrèrent à la sacristie, le képi sur la tête, et me présentèrent l'ordre suivant, signé par quatre membres de la Commune :

RÉPUBLIQUE FRANÇAISE.

LIBERTÉ — ÉGALITÉ — FRATERNITÉ.

COMMUNE DE PARIS. — IVe ARRONDISSEMENT.

Mairie de l'Hôtel de Ville.

Place du timbre.

Le curé de l'église Saint-Paul, ou son remplaçant, est prévenu qu'à partir de demain, mercredi, 17 mai courant, il devra mettre, *chaque soir*, à partir de *sept heures*, à la disposition du Comité de vigilance du IVe arrondissement, l'édifice communal (*sic*) où se fait le service religieux.

Il pourra disposer de cet édifice pendant la journée, pour son service religieux ordinaire.

Paris, 16 mai 1871.

Les membres de la Commune du IVe arrondissement,

A. CLÉMENCE. — A. ARNOULD. — E. GÉRARDIN. — LEFRANÇAIS,

Il n'y avait qu'à obéir.

Le soir même, veille de l'Ascension, le club se réunit dans notre église. J'avais pris la précaution de faire entasser le long de la sainte table toutes les petites chaises qui servent de prie-Dieu, pour défendre autant que possible l'entrée du chœur. Les commissaires du club m'avaient promis de veiller à ce que rien ne fût ni brisé, ni emporté, et, au besoin, de prêter main forte aux employés ordinaires de l'église, qui devaient veiller à ce que personne ne pénétrât dans le sanctuaire. Au point de vue de l'ordre matériel, les choses s'y sont toujours passées avec plus de convenance qu'on ne devait en attendre d'une réunion de forcenés et d'impies.

Le lendemain, fête de l'Ascension, je ne voulus point monter dans cette chaire qui avait été profanée la veille, et qui ne devait pas faire entendre en même temps la vérité de Dieu et le mensonge de Satan, les préceptes de la morale évangélique et les blasphèmes de la Révolution. J'annonçai que nous ne parlerions plus désormais que de l'autel.

C'est dans ces conditions pénibles que nous avons continué nos offices et les exercices du mois de Marie, jusqu'au dimanche 21 mai. Tous les matins, une nombreuse assistance, triste, mais pleine de foi, se réunissait dans l'église à huit heures, et priait Dieu avec ferveur d'oublier les scandales du soir. Au milieu de toutes nos tristesses, c'était pour nous une bien grande consolation de voir tous les jours au pied de l'autel un plus grand nombre de fidèles, nous apportant le concours de leurs prières, et nous témoignant en toute occasion la plus sincère et la plus religieuse sympathie. On a dit quelquefois que par sa piété Saint-Paul-Saint-Louis était le petit Saint-Sulpice de Paris : nous en avons eu la preuve touchante pendant les jours malheureux que nous venons de traverser. J'ai la confiance inébranlable que la piété profonde qui s'est manifestée sous la persécution aura mérité pour tous dans l'avenir la protection de Dieu. Nous devons peut-être à l'intercession pieuse de nos paroissiens de n'avoir pas éprouvé dans l'église de plus grands désastres, et, surtout, de n'avoir pas eu à déplorer la profa-

nation sacrilége des hosties consacrées (1). Je
suis heureux de dire ici avec M. l'abbé Faure toute
notre admiration pour les actes de vertu dont
nous avons été témoins ; d'offrir toute notre gratitude à la population de Saint-Paul-Saint-Louis,
et principalement aux personnes dévouées qui
n'ont pas craint de s'exposer à la vengeance des
fédérés, en offrant un refuge aux prêtres dans
les jours mauvais. Dieu ne peut pas oublier cette
charité renouvelée des premiers siècles de l'Eglise,
alors qu'on cachait dans les catacombes, comme
aujourd'hui dans les caves, les prêtres poursuivis
par la haine implacable de Satan.

Le dimanche, 21 mai, vit luire le premier
rayon d'espoir pour la délivrance de Paris. On
sentait depuis quelques jours que, malgré les
lenteurs de Versailles, l'action décisive entre l'armée régulière et les hordes de l'Hôtel-de-Ville ne
pouvait tarder longtemps. L'inquiétude se pei-

(1) Dans les deux perquisitions qui ont été faites à l'église,
et surtout dans celle où les vases sacrés ont été emportés
sans retonr, les fédérés ont permis que les hosties consacrées fussent versées dans un corporal, et mises en sûreté.

gnait sur tous les visages; on attendait avec la plus grande impatience l'arrivée de nos libérateurs, mais on redoutait en même temps le dernier coup de canon. Les bruits les plus sinistres circulaient sur l'issue de la lutte; le Comité central faisait annoncer tous les soirs dans les clubs que Paris ne se rendrait jamais; qu'il était sillonné de torpilles; que les égouts étaient de vastes réceptacles de poudre; que tout sauterait à l'arrivée des Versaillais, que l'ennemi ne trouverait que des ruines sur son passage. On savait par une dure expérience que les vandales de la Commune étaient capables des plus horribles excès; et, certes, nous avons maintenant la certitude que ces craintes n'étaient pas exagérées. On ne peut se demander sans frémir ce que serait devenu Paris, si l'armée ne s'en était emparée avec tant de bravoure et de rapidité, si les Jacobins du Socialisme avaient eu quatre jours de plus pour l'exécution de leurs desseins. Depuis plusieurs jours, on voyait passer de grandes charrettes chargées de pétrole dont on ignorait l'usage; les bataillons insurgés se précipitaient vers les

Champs-Élysées, mais leurs rangs s'éclaircis-
saient visiblement par le découragement, la désertion ou la peur du danger ; le tambour battait
la générale à chaque heure de la nuit ; le crépite-
ment de la mitrailleuse et le bruit du canon se
rapprochait peu à peu et devenait étourdissant ;
les rues étaient désertes, et il est difficile de se
faire une idée du froid glacial que jetait dans les
veines la solitude des grandes voies ; les vieillards
seuls pouvaient sortir sans porter l'uniforme de
garde national ; tout autre costume était dangereux pour les hommes capables de porter un fusil ;
d'ailleurs, par un récent décret de la Commune,
tout citoyen pouvait être arrêté sur la rue par un
simple fédéré, s'il n'était porteur d'une carte d'i-
dentité. Les barricades, un peu négligées depuis
quelque temps, se relevaient partout ; une atmos-
phère de plomb semblait peser sur Paris ; les poi-
trines manquaient d'air, le supplice était atroce !
Le Prophète révolutionnaire ne l'avait-il pas annoncé du haut de son trépied an-archique : « On
verra une multitude déchaînée, armée, ivre de
vengeance et de fureur ; des piques, des haches,

des sabres nus; la cité morne et silencieuse; la police au foyer de famille; les opinions suspectées, les paroles écoutées, les larmes observées, les soupirs comptés, le silence épié; l'espionnage et les dénonciations. » Proudhon s'était emparé de Paris, il y régnait en maître, et Paris était devenu pour tout le monde un enfer insupportable, même pour ce ridicule soldat de trente sous, que l'Hôtel de Ville *soûlait* tous les jours pour lui faire crier Vive la Commume!

Le 21 mai fut le jour le plus malheureux pour notre chère Église. Les offices avaient été célébrés comme à l'ordinaire, et rien ne nous faisait présager une catastrophe.

Après Vêpres, vers les quatre heures, le sacristain vint me prévenir dans la chapelle des catéchismes, que j'étais demandé à la sacristie. Je m'y rendis à l'instant, et je me trouvai en face d'un grand jeune homme à la figure brutale, la main sur son revolver, flanqué d'un sbire semblable à lui, et de quelques Vengeurs de la Seine à képis blancs, armés de chassepots. Ce jeune homme, ou plutôt ce tigre à face humaine, était

Le Moussu, le héros de tous les vandalismes sacriléges de la Commune, le digne acolyte de Rigault,
de Cournet et de Ferré. — « Vous allez me faire
ouvrir toutes les armoires de l'église, me dit-il
de l'air le plus insolent ; nous allons faire une perquisition. Qu'on ferme toutes les portes ; elles ne
s'ouvriront plus ; car il n'y aura plus de messes,
ni autres choses semblables. » Je lui fis remarquer qu'on avait déjà fait une perquisition régulière, par ordre de la mairie du IVe arrondissement, peu de jours auparavant. — « Peu
m'importe, répliqua-t-il, on va en faire une
autre. » — « Je vais baptiser un enfant, me dit
M. Faure. » A ces paroles, Le Moussu exaspéré
se précipite sur lui, le revolver à la main, et le
menace de le tuer s'il se retire d'un pas. Il ordonne en même temps à ses suppôts de le garder
à vue. Puis il s'élance dans l'église, la rage de
Satan dans l'âme. Cette horde sauvage, exaltée
par la fureur, renverse la grande statue de la
Vierge, devant laquelle se faisaient les exercices
du mois de Marie. En attendant le serrurier
qu'on a mandé pour ouvrir les troncs, ils brisent

tout ce qu'ils peuvent atteindre ; les décorations de l'autel, vases et chandeliers, furent jetés à terre ; la croix qui surmontait le tabernacle fut ployée en deux, parce qu'on ne put la briser ; les deux portes du tabernacle furent enfoncées à coups de crosses. Plus loin, la statue de saint Vincent de Paul fut décapitée. Quelle atrocité ! Les enfants de ces iconoclastes, et eux-mêmes peut-être, avaient reçu du pain ou des vêtements des filles de saint Vincent de Paul ! Ils donnèrent trois coups de baïonnette à la statue de saint Joseph, puis ils rentrèrent triomphalement à la sacristie, comme des guerriers qui auraient remporté une victoire à force de courage, et ils dirent à M. Faure :

« *Nous venons de briser vos idoles !* »

C'était là le cri de la Révolution triomphante ; mais Dieu ne devait pas le laisser impuni !

J'avais pu, dans un moment de désordre, sortir par une porte inconnue qui s'ouvre sur la rue Charlemagne. Je me rendis à la mairie pour voir un des membres de la Commune, et lui demander main-forte contre le brigandage d'un aventurier sans mandat; mais ils siégeaient tous en séance générale à l'Hôtel de Ville.

Vers six heures, M. Faure, ayant pu échapper à la surveillance de ses gardiens, vint me rejoindre chez un ami commun, où nous nous étions donné rendez-vous. Il m'apprit quels affreux dégâts Le Moussu et sa bande avaient commis dans l'église. Trouvant que le serrurier n'allait pas assez vite dans sa besogne, ils avaient enfoncé les troncs à coups de canons de fusil; ils avaient emporté le produit des quêtes de la journée, deux calices, deux ciboires et un petit ostensoir, ces mêmes vases sacrés que j'avais pu me faire rendre à la mairie quelques jours avant, et que j'avais été si heureux de pouvoir sauver. Mais, grâce à Dieu, les hosties consacrées furent sauvées; le chef de la bande noire, je ne sais par quel sentiment qui n'était pas de lui, permit à M. Faure de les verser dans un corporal.

Je reprends ici textuellement la suite de mes notes écrites dans ma cellule, à la prison de la Préfecture de police.

Lundi, 22 mai 1871, cinq heures du soir. —

Ilier, dimanche, à huit heures du soir, désirant savoir si les hosties consacrées avaient été respectées, après la fuite de M. Faure, je me rendis dans l'église par la porte de la rue Charlemagne ; je ne pouvais traverser la nef, occupée par le club. Je les trouvai intactes dans la sacristie, et je les laissai dans une armoire à secret où l'on avait l'habitude de déposer, chaque soir, la réserve. Puis, je pénétrai dans l'église par la porte de la sacristie, pour m'assurer s'il serait possible de célébrer la messe le lendemain. J'entendis dans la foule de bruyants applaudissements. Quand ils furent terminés, Arthur Arnould, qui était en chaire, demanda à l'assemblée de protester contre le vandalisme qu'on avait exercé dans l'église à l'insu de l'autorité. La foule applaudit de nouveau, ne comprenant peut-être pas qu'on lui demandait d'applaudir à une pensée honnête.

On pourra difficilement se faire une idée du degré d'ineptie, de crétinisme, dans lequel était tombée la population des clubs. La ceinture rouge n'avait qu'à se montrer pour lui faire applaudir, dans la même séance, toutes les couleurs, toutes les idées, tous les crimes, et peut-être toutes les vertus, si l'orateur avait su leur donner habilement le goût du crime.

Arthur Arnould et Gérardin vinrent à l'autel où je regardais, le cœur brisé, ce monceau de ruines. A. Arnould me reconnut et me dit : « Je suis bien aise que vous soyez ici, pour avoir quelques détails sur ce que nous voyons. C'est d'une barbarie sans nom ! Aucun membre de la Commune n'a donné des ordres pour une pareille exécution ; et cependant on ne manquera pas de l'en accuser. Il faut que vous nous aidiez à découvrir les coupables. » Je lui fis observer que je n'avais rien vu, si ce n'est le chef de la bande que j'avais aperçu un instant, et dont je lui donnai le signalement ; que j'étais sorti pour aller prévenir à la mairie, comme lui-même me l'avait demandé, des horreurs qu'on commettait dans l'église, tandis que mon confrère, M. Faure, y était retenu prisonnier.

Il envoya le gardien de l'église prévenir M. Faure qu'il désirait le voir tout de suite, et obtenir de lui des indications qui pourraient le mettre sur les traces du crime.

Dans ce moment un garde national, sorti de la foule, pénétra dans le sanctuaire et s'écria : « Voici quelque chose, citoyens, qui ressemble en petit à l'explosion de la cartoucherie Rapp. Vous ne connaissez pas les coupables? — Je les connais, moi. C'est Versailles, ici comme à Grenelle, qui cherche à irriter le peuple contre la Commune. C'est Thiers qui veut nous rendre odieux ; et ici le clergé a dû être le compère de Thiers. » — Néron, après avoir incendié Rome, voulut détourner les soupçons qui planaient sur lui à juste titre. Il n'hésita pas à faire retomber sur les chrétiens l'imputation atroce dont il cherchait à se laver. Satan, depuis dix-huit siècles, n'a pas changé son arme, c'est l'arme de Voltaire et de Proudhon, c'est le mensonge. A. Arnould était à côté de moi : « Cet homme est un lâche, lui dis-je avec vivacité ; et s'il ne sort pas d'ici, je me retire. » A. Arnould lui imposa silence.

J'abrége ces pénibles détails.

M. Faure arriva, et donn. quelques explica-

6

tions qui parurent ne pas satisfaire A. Arnould,
et Gérardin qui était présent. Les deux membres
de la Commune s'entretinrent un instant à l'écart,
puis A. Arnould se retira. Gérardin vint à nous :
« Il faut à tout prix, nous dit-il, que la lumière se
fasse ; aussi, je crois devoir vous consigner pour
ce soir. Le commissaire va vous conduire dans
une voiture à la Préfecture de police. Le Préfet
dressera un procès-verbal de votre déposition,
au moyen de laquelle on pourra découvrir plus
facilement le coupable encore inconnu. Au reste,
vous n'êtes pas des criminels ; on aura pour vous
tous les égards que vous méritez ; et, demain,
vous pourrez retourner ici pour vos fonctions. »

En attendant l'arrivée du commissaire, il se
produisit quelque désordre à la porte de l'église,
dont Gérardin lui-même avait été cause : la sentinelle n'ayant pas aperçu sa ceinture rouge, refu-
sait de le laisser passer. Ce moment eût été peut-
être favorable pour échapper à la surveillance
des gardes ; mais je craignais, par la fuite, de
faire croire à notre culpabilité, d'exaspérer leur
fureur, de les porter au pillage de l'église, et

surtout à la profanation des hosties consacrées, qu'ils auraient pu découvrir dans la sacristie.

Nous arrivâmes hier soir à la Préfecture, vers onze heures. Le commissaire demanda à nous présenter au Préfet; on lui répondit qu'il allait nous recevoir. En attendant que ce haut citoyen fût visible, je vis sortir de son cabinet un personnage sinistre, qui vint se placer près de moi. — J'ai su en entrant en prison que c'était le Préfet lui-même. — Je devins à l'instant son point de mire, et il ne cessa de me regarder, à travers son lorgnon, avec une affectation insolente à laquelle il essayait de joindre un ricanement sardonique des lèvres qui, probablement, était chargé d'exprimer le mépris. Il avait sur la tête un chapeau sale; ses cheveux retombaient, et lui donnaient l'air d'un de ces hommes ruinés frauduleusement, et qui ont entraîné dans leur ruine de malheureuses victimes. Sa figure était blême, et l'ensemble de sa physionomie respirait la colère sombre, une haine satanique, comme n'en inspirent ni la vengeance, ni la cruauté ordinaire. Je ne sais, sous une forme humaine, quelle doit être la physionomie du démon, mais elle doit être le patron de celle que j'ai vue. Il faut joindre à ce tableau une expression générale de satisfaction mauvaise, produite sans doute par la joie de posséder deux prêtres! Pour le démon ou ses créatures, il doit être si doux de mettre la main sur deux hommes de bien, et de leur faire expier dans le supplice de la réclusion, pour ne pas dire autre chose, le crime d'avoir condamné dans le monde, par l'exemple d'une vie vertueuse, les scandales de leur propre vie. — On procède aujourd'hui même à son jugement. Voici le portrait que je trouve dans LA LIBERTÉ : C'est d'abord FERRÉ, tête d'oiseau de proie, noir de cheveux et de barbe, le nez recourbé, aigu comme un bec, et surmonté de deux yeux d'orfraie, dont l'expression est rendue plus perçante encore au moyen d'un binocle : vêtu de noir, ganté de même : une manière de Blanqui jeune et rétréci ; un de ces aigrefins, comme il y en a dans les petits coins de la Bourse, derrière les colonnes, préparant des coupes sombres dans les portefeuilles. Aspect sinistre. — Au reste, je ne m'étais pas exagéré le portrait de ce sbire. Il nous quitta un instant, pour pénétrer dans le cabinet du Préfet. Il en sortit, contenant mal sa rage, se reprochant peut-être de ne nous avoir pas déjà fait fusiller. Il vint s'asseoir devant moi.

« Qui êtes-vous, me demanda-t-il?

— Je suis prêtre.

— Pourquoi êtes-vous venu ici?

— Nous y sommes venus, mon confrère et moi, pour donner des renseignements au Préfet de police sur ce qui s'est passé aujourd'hui dans notre église. Ce sont les citoyens Gérardin et Arthur Arnould, membres de la Commune, qui nous ont fait conduire ici par le commissaire.

— Peu m'importent les citoyens de la Commune, je vous arrête. »

Il dit ces derniers mots avec tant de joie féroce, que je ne pus m'empêcher de lui dire : « Vous êtes donc bien heureux d'arrêter des prêtres?

— Ah ! si je suis heureux? me répondit-il! *Les prêtres sont mes plus cruels ennemis!* — Prenez leur nom, dit-il à son secrétaire,

6.

— Odon Dignat, prêtre, vicaire de la paroisse Saint-Paul-Saint-Louis.

— Faure, prêtre, vicaire de la paroisse Saint-Paul-Saint-Louis. »

En prononçant les dernières paroles, je remarquai que sa bouche contracta un mouvement de férocité fébrile qu'elle garda. Pendant qu'on inscrivait nos noms, il se cambra sur ses jarrets, fit demi-tour de satisfaction, essayant de me provoquer de son regard méprisant. Il revint se placer immobile, de manière à me regarder en profil ; il semblait ne pouvoir assez rassasier ses yeux pleins de sang de la vue d'un prêtre. J'essayai de le fixer deux ou trois fois : je sentais que son regard ne m'effrayait pas, mais il me faisait horreur. Le commissaire lui-même, qui ne connaissait pas ce successeur de Cournet, fut tellement surpris de ses excentricités, qu'il demanda son nom à voix basse au secrétaire qui nous inscrivait sur le registre.

Puis, quand cette opération fut terminée, il se dirigea vers la porte par laquelle nous étions entrés, et, d'une voix rauque, à demi étouffée par la rage : « Suivez-moi, nous dit-il. » Nous l'a-

vons suivi, accompagnés nous-mêmes de quatre
gardes nationaux armés de chassepots et de re-
volvers. Nous avons traversé deux corridors, des-
cendu plusieurs escaliers ; en entrant dans une
cour sombre et froide, la sentinelle a crié : « Qui
vive ! — Ami, répondit Ferré, attention ! » La
sentinelle nous laissa passer ; une grande porte
grillée s'ouvrit devant nous, et, arrivés au guichet,
on inscrivit nos noms sur le registre d'écrou.
Après nous avoir fait fouiller, cet horrible personnage s'adressa au gardien, et lui dit : « Voici
deux hommes qu'il faut écrouer ; » puis, en affec-
tant d'élever la voix, « et au secret. » Il dis-
parut. Le gardien qui m'a fouillé a pris ma canne
et mon couteau. Il a ouvert mon bréviaire : je
lui ai dit rapidement et à voix basse que j'étais
prêtre, et que c'était mon livre de prière ; il me
l'a laissé.

On nous a conduits chacun dans une cellule
qui s'est refermée sur nous, je ne sais à com-
bien de tours de verroux. M. Faure était arrivé
quelques minutes après moi dans une cellule
séparée de la mienne par un seul numéro :

j'avais le numéro 13, il devait avoir le numéro 7.

Il était onze heures et demie. Un gardien vint me proposer une paire de draps ; je n'en acceptai qu'un, le priant de porter l'autre à M. Faure.

Mardi 23 mai. — La scène de notre arrestation et les formes cyniques de Ferré, m'ont produit une telle impression, qu'il ne m'est pas possible d'en écarter la pensée. Ce doit être bien là une vraie façon de proconsul romain interrogeant les chrétiens des premiers siècles, et les faisant déchirer avant de les jeter dans un sombre cachot. Au reste, nous avons la preuve dans les actes des Apôtres, que la persécution religieuse du dix-neuvième siècle n'a changé ni de moyens, ni de forme. Arrivés à Philippes de Macédoine, Paul et Silas déplurent à quelques Romains, et furent saisis : « *Ils les mirent en prison, et ordonnèrent au geôlier de les garder avec soin. Le geôlier ayant reçu cet ordre, les jeta dans le cachot le plus profond* (1). » C'était bien le secret.

_____

(1) « Miserunt eos in carcerem, præcipientes custodi, ut diligenter custodiret eos. Qui cum tale præceptum accepisset, misit eos in interiorem carcerem. » (*Actes*, XVI, 23, 24.)

Je n'avais rien répondu au Préfet qui fût de
nature à le blesser ; personne n'avait formulé
contre nous un acte d'accusation; notre interro-
gatoire s'était arrêté à la déclaration de notre caractère de prêtres; qu'est-ce donc qui nous a valu
les rigueurs du secret? Une seule chose, un seul
crime, c'est que nous sommes prêtres! Et d'ailleurs, ne nous l'avait-il pas dit ? « *Les prêtres sont
mes plus cruels ennemis !* » — Cette parole est la
plus nette révélation d'impuissance de la Révolution anti-religieuse. Comment ! ce sont les prêtres
qui sont les plus cruels ennemis pour les hommes
de la Commune ! Mais pourquoi donc? La Commune a arrêté l'archevêque, M. le curé de la Madeleine, plusieurs autres curés et vicaires de Paris,
plusieurs Pères jésuites, sans entendre retentir
un seul coup de revolver, sans éprouver la
moindre résistance. Elle a fait les investigations les
plus minutieuses dans les églises, sans découvrir
une arme quelconque. Elle se bat depuis plus
de deux mois contre Versailles, c'est-à-dire contre
la France entière : a-t-elle trouvé un seul prêtre
dans les rangs ennemis, et en a-t-elle vu sur les

champs de bataille ailleurs qu'à côté des blessés?
Et ce sont ces hommes qu'elle appelle ses plus
cruels ennemis?

Elle a raison néanmoins : les prêtres sont ses
plus cruels, ses plus mortels ennemis, les seuls
dans la société humaine que la Révolution n'ait
jamais pu vaincre, les seuls qui soient toujours
demeurés debout après les violences de toutes les
Révolutions. Oui, elle a raison de craindre, car
elle est la faiblesse ; et elle est la faiblesse, parce
qu'elle est l'erreur politique, l'erreur religieuse et
l'erreur morale. — Le clergé au contraire est la
force, et la force invincible, dans la prison comme
sur l'autel. S'il est dans les fers, il prie pour ses
geôliers, et sa prière, comme celle de Jésus-
Christ, peut toucher leur âme ; s'il verse son sang,
ce sang peut rejaillir sur ses bourreaux et devenir
une semence de chrétiens.

Quand la Révolution a fait retentir sa botte
avec arrogance dans une Église ; quand elle a
sali l'autel, brisé les statues, abattu les croix et
volé les calices, elle se retire en disant ce qu'elle
disait dimanche : « Nous avons brisé vos idoles ;

vous n'avez plus besoin de calices, parce que vous ne direz plus de messes. » Elle croit avoir anéanti le catholicisme. L'insensée ! Elle n'a fait qu'accuser une fois de plus son éternelle impuissance. Il y a dix-huit cents ans qu'elle entasse des ruines et qu'elle cherche à « enterrer le Christ. » Et chaque siècle voit grandir davantage la puissance du prêtre, ministre du Christ et représentant de la seule force ; et souvent, lorsqu'elle a renversé un édifice de pierre, elle le voit se relever le lendemain en argent et en or.

Qu'a-t-elle fait dimanche à Saint-Paul ? En renversant l'autel, a-t-elle détruit la foi dans les âmes ? Non, mille fois non ! Les fidèles qui ont été témoins de ses profanations, sont tombés à genoux pour implorer Dieu. Ils ont fait au fond de leur cœur un grand acte de foi, avec une force qu'ils n'auraient pas eue la veille. Ils ont promis de faire disparaître ces ruines, de vivre désormais plus saintement, afin de dédommager Dieu de ces injures. Voilà la vraie force, celle que ne peuvent atteindre ni les ruines, ni l'incendie, ni l'intimidation, ni le sang, ni la mort.

Le clergé est la vérité politique et la vérité religieuse. La Révolution elle-même en est la preuve la plus irrécusable. Quand elle veut renverser les institutions, elle porte ses premiers coups au clergé ; depuis vingt ans elle cherche à renverser la Papauté, parce qu'elle sait bien que ce n'est pas la force du canon qui garde un gouvernement, mais le respect de l'autorité que l'Evangile seul peut protéger. Le clergé seul possède dans sa foi le principe politique capable de réparer nos malheurs, et de préparer à la France des institutions franchement et chrétiennement libérales ; je veux dire le respect des lois. Le clergé seul est le dépositaire de la parole du maître, de celui qui a ennobli le pauvre et affranchi l'esclave, qui est le père de la vraie et saine Liberté, de la vraie et saine Egalité, de la sainte Fraternité. Ces trois mots, Liberté, Egalité, Fraternité, c'est l'Evangile qui les a créés, qui leur a donné leur signification, qui peut en revendiquer la paternité, et qui seul, par conséquent, est autorisé à les faire écrire sur les Églises catholiques. La Révolution en a fait son drapeau, parce qu'elle les a dénaturées ; mais elles ne sont pas viles, elle n'a pas le droit de les prononcer, car elle n'a jamais pu comprendre la sainteté de leur signification. La Liberté qui n'a pas sa racine dans les principes évangéliques, gardés par le prêtre, n'est plus que la licence, l'emportement de la violence, le vol et l'assassinat ; l'Egalité devient le socialisme le plus éhonté ; la Fraternité, un mensonge tyrannique au profit des plus audacieux.

Le clergé possède la vérité religieuse, le dogme éternel qu'il a reçu de Jésus-Christ. Quelle autre preuve en faut-il que les excès auxquels s'est portée la Révolution au nom de ces principes d'athéisme ? Si du moins elle avait remplacé le catholicisme par un système religieux quelconque ! Mais dans son impuissance et aussi dans la nécescité où elle a été d'agir rapidement, elle a trouvé plus court et plus facile d'anéantir tout culte par la négation de Dieu.

Voilà toute sa Religion : l'athéisme. Et si l'on prend garde que l'existence de Dieu est une vérité de l'ordre naturel, on ne peut sans frémir penser

7

au sort d'une société dont les principes politiques et économiques reposeraient sur l'athéisme.

Enfin le prêtre est l'ennemi de la violence. — Son Maître lui a dit : « *Heureux ceux qui aiment la paix, parce qu'ils seront appelés les vrais enfants de Dieu* (1). » L'histoire est là pour nous rappeler que la paix est l'apanage de la force, tandis que la violence est la conséquence obligée de la faiblesse. La force peut commander et se faire obéir, l'épée dans le fourreau; la faiblesse au contraire doit, toujours un œil ouvert, chercher à surprendre par la ruse ou par le mensonge une épée abandonnée, pour répandre le sang.

Ah! que les ambitions, que les passions humaines ne l'oublient pas : il n'y a eu, et il n'y aura qu'une seule révolution sur la terre, révolution grande, puissante, radicale, persévérante, invincible, autour de laquelle toutes les autres ne sont que d'impuissantes tentatives de révolte, je veux parler de la révolution évangélique, commencée par le Christ et continuée par ses prêtres

(1) « Beati pacifici, quoniam filii Dei vocabuntur. » (Matth., v, 9.)

à travers les obstacles, la persécution et la mort.
Que les jacobins du socialisme le sachent bien : —
Toute révolution qui ne s'appuie pas sur l'Évangile, c'est-à-dire qui ne revendique pas le respect
des mœurs et du droit, le respect de l'autorité et
de la conscience, et par-dessus tout le respect des
commandements du Sinaï et de l'Église catholique, toute révolution qui ne prend pas sa vie dans
le souffle du Christ, est condamnée d'avance à la
mort ; elle ne peut que s'abîmer en peu de jours
dans son propre néant, tomber sous ses propres
coups, sous ses propres efforts.

La parole du tigre Ferré m'a entraîné bien loin,
mais je ne le regrette pas. Je n'oublierai jamais
l'expression satanique de sa physionomie, ni la
déclaration de faiblesse que contient cette parole :
« Les prêtres sont nos plus cruels ennemis. »

Je ramène ma pensée dans ma cellule, après
une courte promenade que vient de m'accorder le
gardien, quoique les prisonniers *au secret* n'y
aient pas droit. Cette pauvre cellule est bien triste,
et les heures y sont interminables. Je fais six pas
en long et deux pas et demi en large, ce qui doit

représenter une superficie de neuf à dix mètres ; elle a environ trois mètres d'élévation, et elle est légèrement cintrée au plafond. A droite en entrant, en forme d'amphore et soudé au mur, est un objet indispensable, mais très-incommode, parce que l'aération n'est pas suffisante. Le couvercle est attaché au mur par une chaîne, ainsi que le petit balai. Un peu plus loin est un lit de fer, également attaché au mur. La couche se compose d'une paillasse très-mince, d'un matelas plus mince encore, d'un traversin et de deux couvertures couleur de cachot. Chacun de ces objets porte écrit en grosses lettres le mot PRISONS. Au fond de la cellule, à un mètre et demi du parquet, deux petits vasistas à charnières s'ouvrent par le haut, de l'extérieur à l'intérieur. Comme la coulisse en fer qui les retient ne permet qu'une ouverture de vingt centimètres, le prisonnier ne peut jamais voir le ciel, les verres étant très-épais et rayés. Au coin de gauche et au fond, est un petit calorifère pour l'hiver. En revenant vers la porte, sous le bec de gaz, une petite étagère à charnière, qui sert de table, et qui peut se rabattre ; enfin un tabouret en bois, attaché au mur avec une grosse chaîne qui permet de l'avancer jusqu'auprès de l'étagère quand elle est relevée, mais pas plus loin. Comme on a pu le remarquer, tout est enchaîné dans la cellule, pour rappeler sans cesse au prisonnier qu'il est lui-même privé de liberté. Le mobilier est aussi simple : un petit pot de terre noire contenant un demi-litre, pour mettre le vin qu'on achète à la cantine, quand elle passe, ce qui n'arrivait plus dans les derniers jours ; un gobelet de fer blanc, une cuiller en bois et un bidon plein d'eau. A mi-hauteur de la porte, et en dedans, est une petite étagère surmontée d'un guichet qui s'ouvre en dehors. C'est par ce guichet et sur cette étagère qu'on vient déposer la nourriture. Ce guichet est percé au milieu d'un petit trou, qu'on appelle *un judas*, et qui, évasé en dedans, permet au gardien de voir, sans ouvrir la cellule, ce que fait le détenu. Quand il est au secret, il y a sur la porte un petit cachet noir ; il ne va presque jamais au promenoir, et, quand on fait une exception, il y est toujours seul.

Quant à la nourriture des prisonniers, elle

était certainement insuffisante. Elle pouvait empêcher un bon estomac de mourir de faim, mais elle devait laisser dépérir un estomac débile. A six heures, un gardien vient remplir d'eau le petit bidon. — A six heures et demie on ouvre le guichet, et on dépose sur l'étagère un petit pain noir, qui se pourrait manger à la rigueur, s'il était plus cuit. — A neuf heures on apporte, au fond d'une gamelle, deux travers de doigt d'une eau chaude et presque claire, qui a dû servir à laver sur le feu des pois ou des haricots. Selon qu'elle a l'odeur de l'un ou de l'autre de ces légumes, elle annonce la ration de trois heures après-midi : cette ration ne tient pas plus de place au fond de la gamelle que l'eau du matin. Il ne faut pas attendre autre chose, surtout pas de viande. Hier la cantine est passée, et j'ai pu avoir un peu de pain blanc. Aujourd'hui, mon gardien s'étant un peu relâché de sa consigne, a consenti à faire parvenir une lettre à un de mes amis, qui m'a envoyé assez de nourriture pour enrichir la table de M. Faure. Les gardiens sont d'anciens serviteurs que la Commune n'a pas remplacés, et qui fort heureusement ont détendu leur sévérité ordinaire. Ils ont compris que le Préfet de police ne leur donne pas à garder depuis quelques jours des repris de justice.

Mardi soir, 9 heures. — Le gardien vient de m'apprendre que l'armée de Versailles est entrée à Paris dans la nuit de dimanche à lundi, que les rues sont couvertes de barricades, et que la Commune organise une défense désespérée. Le bruit du canon se rapproche sensiblement : comment va se dénouer cette lutte horrible qui dure depuis deux mois ? Fasse le Ciel qu'il ne coule pas trop de sang !

Par mon guichet ouvert, j'aperçus une soutane au fond de la galerie, mais je ne pus reconnaître le prêtre. Le gardien voulut bien rompre son silence, et m'apprendre que c'était M. l'abbé Jourdan, vicaire général, archi-diacre de Saint-Denis. Il poussa la complaisance jusqu'à lui apporter à la dérobée un peu de nourriture ; les barricades ne permettaient pas aux vivres d'arriver jusqu'à nous (1).

(1) Une personne dévouée m'avait fait remettre un poulet rôti. Mais, comme on m'avait retiré le couteau à mon entrée

Le bruit du canon redouble et se rapproche de plus en plus; on dirait qu'il est à la porte de la prison. Si la troupe attaque l'Hôtel-de-Ville, notre sort ne peut tarder à être décidé : ou fusillés dans nos cellules, ou délivrés par l'armée de Versailles.....

Mercredi, 24, 4 heures du soir, j'ai interrompu mes notes dans la prison, je les continue aujourd'hui en liberté. Nous avons été délivrés par la force des choses, l'arrivée des troupes, mais surtout par un quadruple incendie, qui a forcé les gardiens à ouvrir les portes du cachot.

Quelle horrible nuit, et quelle horrible supplice d'attendre la mort à chaque minute qui s'écoule !

Hier soir, à onze heures, je venais de me reposer sur mon lit, lorsque le gardien ouvrit le guichet de ma cellule : « La situation devient très-mauvaise, me dit-il, l'armée avance toujours, et les gardes

en prison, mon embarras fut grand pendant quelques instants, pour mettre ce pauvre poulet en morceaux. A bout d'expédients, je tentai l'opération avec des ciseaux à ongles qui avaient échappé aux recherches.

nationaux sont en fureur. Ici les cours en sont pleines, et presque tous ont trop bu. Comme les Versaillais leur ont tué beaucoup de monde, il est possible que, sous prétexte de représailles, ils viennent nous fusiller tous cette nuit. Demain matin, s'il ne vous arrive point de malheur cette nuit, je vous ferai glisser avec trois autres prêtres dans un convoi de prisonniers qui doivent être transférés à Mazas : vous serez moins près de la gueule du loup. » Je remerciai le gardien, et je me mis à genoux pour demander à Dieu la grâce de bien mourir. A ce moment suprême, au moment de mourir pour sa foi, d'être fusillé en haine de la religion catholique, on sent dans l'âme un courage, je pourrais même dire une joie inconnue qui rend le sacrifice léger. La nature néanmoins réclame ses droits d'une manière impérieuse, elle me faisait entendre parfois le coup de fusil qui m'était destiné, ou bien elle me faisait sentir le froid de la baïonnette qui traverserait ma poitrine.

Dieu s'est contenté du sacrifice et n'a pas accepté nos vies ; je le crains pour nous et je l'espère

7.

pour la France, nous n'aurons plus une si belle occasion de paraître devant Dieu.

Vers minuit, je me couchai un instant, le sommeil me gagna un quart-d'heure ; mais je me réveillai en sursaut et couvert d'une sueur froide; je me remis en prière et je n'essayai plus de dormir, le sommeil était trop pénible.

A 1 heure un saisissement involontaire, mais profond, s'empara de moi. J'entendis des cris violents et comme s'ils étaient arrachés par la douleur. Je crus que le massacre avait commencé, et que mon tour n'allait pas tarder, car les cris partaient d'une cellule peu éloignée de la mienne. J'ai su plus tard que c'étaient les cris d'un prisonnier devenu fou et très-surexcité en ce moment par le bruit du canon.

A trois heures, on amena un prisonnier ; et, comme il passait devant ma cellule, je lui entendis annoncer que les Tuileries, les Ministères et une partie de la rue du Bac étaient en feu. Je croyais cette nouvelle exagérée ; mais, hélas ! qu'est-il arrivé après ce moment ! Quel est le Français qui pourra, sans verser des larmes, écrire l'histoire de ces lamentables journées? Les Cosaques sauvages de la Commune ont laissé bien loin les Cosaques de 1814! Paris est couvert de plus de ruines que ne le fut Moscou ; il est couvert surtout de plus de honte. Les Russes brûlaient leur ville pour défendre la patrie ; les Cosaques de l'Hôtel-de-Ville ont pillé d'abord la capitale de la France, ils l'ont incendiée, ensuite ils ont fui lâchement, livrant à la juste vengeance de l'armée leurs femmes, leurs enfants et leurs amis. « Nous nous ensevelirons sous les ruines de Paris, disaient-ils avec jactance dans toutes les réunions publiques. » Ils ont su *faire flamber Finances ;* ils ont enseveli quarante mille victimes sous les ruines de Paris ou dans les bagnes ; mais eux, cherchez-les : vous les trouverez en Angleterre, en Belgique ou en Suisse, cherchant toujours et partout à désorganiser la société humaine avec les trésors pillés ; ou bien, s'ils n'ont pas pu fuir, se cachant à Paris, dans une mansarde ou dans une cave, sous le déguisement de la femme. Non, j'en atteste le ciel et la terre, et notre honneur national, ces lâches forbans ne sont pas français.

A quatre heures, le gardien qui passait tous les matins pour éteindre le gaz, me rendit tout mon courage. Il m'annonça que l'armée de Versailles s'était emparée rapidement d'une grande partie de la rive gauche, des Invalides, du faubourg Saint-Germain, de Saint-Sulpice, et s'était avancée jusqu'au haut du boulevart Saint-Michel. « Il est possible, me dit-il, que nous sortions tous d'ici dans la journée, ou demain au plus tard. »

Je vais mettre dans leur ordre chronologique les détails qu'il me reste à décrire : Ceux qui ne me sont pas personnels m'ont été donnés par M. Braquond, témoin oculaire, brigadier au dépôt de la Préfecture.

Le mercredi, 24, vers dix heures, Ferré se présenta à la porte de la prison avec quatorze gardes nationaux en armes. « Citoyens, leur dit-il, nous allons remplir une mission de justice ; nous allons exécuter les prisonniers. Que ceux qui ne se sentent pas assez de courage se retirent. » Deux fédérés se sont retirés, et l'on a distribué aux autres de l'argent. Après cette distribution, Ferré entre dans la prison, et se fait remettre le livre d'écrou. Secondé par Fouet, directeur du dépôt sous la Commune, il fait dresser par *vingt* les listes des victimes, parmi lesquelles il n'a pas dû oublier ces hommes qu'il était si *heureux de mettre en prison,* parce qu'ils *sont ses plus cruels ennemis.*

Les vengeances personnelles qu'il a voulu assouvir nous ont probablement sauvé la vie : elles lui ont fait perdre un temps précieux pour les exécutions.

Quand les fatales listes furent terminées, il fit appeler le n° 10. C'était M. Veysset, commandant de la garde nationale, accusé d'avoir eu des intelligences avec Versailles. Ce malheureux fut conduit sur le pont Saint-Michel, fusillé et jeté dans la Seine.

On conduisit ensuite dans un préau, derrière la Cour de cassation, un gendarme qui, le 20 mars, avait eu le courage d'enclouer quelques canons à Montmartre, et on l'assassina.

La troisième victime devait être un certain

Ruau, ancien commissaire de police, dont Ferré n'avait pas toujours eu à se louer sous l'Empire. Le brigadier, M. Braquond, qui avait vu son nom au moment où on l'inscrivait, alla ouvrir secrètement sa cellule : « Sortez, lui dit-il, passez rapidement dans cette salle, mêlez-vous aux autres prisonniers. On va vous appeler, gardez-vous de répondre. » M. Braquond faillit payer de sa vie cet acte de dévoûment. Fouet fait appeler inutilement le détenu, et, ne pouvant le découvrir, veut en rendre responsable le brigadier. Il lui met le pistolet sous la gorge et le menace de faire feu, si Ruau ne paraît à l'instant. Une heureuse inspiration sauva la vie du brigadier : « Mais, Ruau, dit-il, en prenant l'air d'un homme qui réfléchit, Ruau, j'y pense à l'instant, ce prisonnier, par ordre de la Préfecture, a été transféré il y a trois jours à la prison de la Santé. » — On passe au suivant.

La quatrième victime devait être le fou qu'on trouva dans sa cellule, revêtu de la camisole de force, car il avait tenté de se détruire : on n'osa tirer sur lui.

Ces lenteurs habilement ménagées par M. Braquond ont certainement sauvé la vie à un grand
nombre de prisonniers.

Au moment où l'on appelait la cinquième victime, un feu de peloton bien nourri se fit entendre
sur le Pont-Neuf devant la Préfecture de police.
Ferré se retira, laissant ses ordres et quelques
hommes à Fouet pour continuer le massacre. Il
ambitionnait pour lui-même la gloire de verser
un sang plus illustre. C'est probablement en quit-
tant notre prison qu'il alla faire assassiner Monseigneur l'Archevêque et les autres martyrs de la
Roquette.

Dans nos cellules la chaleur devenait insupportable. A huit heures du matin on avait enduit de
pétrole et incendié la Préfecture de Police, le
Palais de justice, la Conciergerie et la Cour de
cassation. Nous étions au centre de ces immenses
brasiers.

Fouet venait de partir, et les gardes nationaux
qu'il avait laissés le suivirent de près, craignant
l'arrivée de la troupe. L'incendie gagnait rapidement du terrain, et M. Braquond prévoyait la

mort horrible et inévitable de tous ses prisonniers.
C'est alors qu'il engage une lutte déterminée avec
Fouet. Il veut donner l'ordre d'ouvrir toutes les
cellules, et Fouet refuse, déclarant qu'il faut laisser
brûler les prisonniers. Mais le brigadier mécon-
naît l'autorité de l'infâme directeur, il s'élance
dans notre galerie, et, s'adressant aux gardiens
d'une voix désespérée : « Le feu nous gagne !
Ouvrez toutes les cellules à tous les étages, et
sauve qui peut !....

Le bruit de la première porte qui s'ouvre fait
craindre à Fouet d'être écharpé par les détenus,
il disparaît.

Comme nous avions été incarcérés dans les
derniers jours, et qu'il n'y avait plus de cellule
vide dans le quartier des hommes, on nous avait
écroués dans celui des femmes. Je renonce à décrire les cris insensés et le tumulte de notre
galerie, au moment de la délivrance. A la porte
de sortie, les prisonniers, et surtout les prison-
nières, se sont groupés un instant en une masse
si compacte que, pendant quelques secondes,
personne n'a pu se détacher pour sortir.

Bien que les portes du cachot se fussent ou-
vertes pour nous rendre la liberté, il s'en fallait
bien cependant que nous fussions à l'abri de tout
danger.

La porte de la prison s'ouvrait sur une cour in-
térieure d'où il fallait gagner le quai, sur la rive
gauche du bras droit de la Seine. Nous nous engageâmes, M. Faure et moi, entre une palissade
de planches et le grand mur de la prison. Ce passage, au lieu de nous conduire plus rapidement
au dehors, comme je l'avais espéré, nous égara
dans les corridors interminables qu'on avait cons-
truits provisoirement depuis quelques années,
derrière la Préfecture de police. Nous avons dé-
sespéré un moment de pouvoir sortir de ce laby-
rinthe obscur, où des becs de gaz oubliés brûlaient
encore. Le feu nous enveloppe de toutes parts;
un obus éclate devant nous, fait voler en éclats
une immense construction en planches, et son
pétrole enflammé augmente l'incendie. Nous al-
lions retourner sur nos pas, lorsque nous aperce-
vons, presqu'au milieu des flammes, trois enfants
déguenillés dont le plus âgé n'avait pas douze

ans. « Par ici, messieurs, nous disent-ils, venez par ici. » Nous nous engageons avec eux dans de nouveaux corridors, et nous arrivons sur la place Dauphine.

La préoccupation ne m'a pas permis de penser à ces trois petits enfants ; j'ignore comment ils ont pu se sauver, car nous ne les avons pas revus.

J'espérais pouvoir me jeter sur le Pont-Neuf, et rejoindre les avant-postes de notre armée. Mais la place Dauphine était fermée par une barricade de quatre mètres. J'aperçus un homme à cheval sur cette barricade ; il tirait du côté de la rue Dauphine, probablement sur les Versaillais.

Nous revînmes alors sur nos pas, et nous nous engageâmes dans la rue du Harlay, vers le quai des Orfèvres. Dès que je pus jeter un coup d'œil à droite et à gauche, en aval et en amont de la Seine, je vis que c'était là pour nous le moment le plus périlleux. A notre droite, il ne fallait pas songer à se diriger vers le Pont-Neuf ; il était défendu par de hautes barricades du côté de la

Monnaie et de la rue Dauphine, et en ce moment le théâtre d'une bataille. En face de nous, le quai des Grands-Augustins était entièrement désert : nous vîmes seulement apparaître par la rue du même nom un omnibus portant la croix de Genève, mais qui fut obligé de revenir sur ses pas. Des coups de fusil partaient également de la place Saint-Michel : J'ignorais si j'étais entouré d'amis ou d'ennemis, car pas une tête ne se montrait, et nous étions les seuls êtres vivants à découvert. Au reste Versaillais ou Fédérés devaient être également nos ennemis, car ils tiraient indifféremment sur tout ce qui osait se montrer, et nous ne portions point d'ailleurs sur nous de signe distinctif.

Nous nous engageons cependant sur le quai des Orfèvres, en remontant vers Notre-Dame. Mais après quelques pas, près de la rue Boileau, nous sommes obligés de nous rejeter dans une maison dont la porte était ouverte.

Nouveau danger, le concierge fuyait, chassé par l'incendie. Nous nous risquons encore sur le quai ; et en nous couvrant du parapet, nous arrivons

jusqu'au pont Saint-Michel. Nous nous abritons
un instant entre le garde-fou du pont et la gué-
rite qui sert au surveillant des petites voitures. Les
balles rendent la place intenable. Dans l'impossi-
bilité de traverser le pont Saint-Michel, qui nous
aurait conduits vers les barricades à une mort
certaine, nous nous décidons à le couper, pour
remonter vers Notre-Dame. Quelques balles ont
sifflé dans ce court trajet, mais aucune ne nous a
atteints. Toujours courbés pour nous couvrir
du parapet, nous avions fait quelques pas, lorsque
je vis à l'autre extrémité du quai un fédéré s'in-
cliner et nous coucher en joue. Il tira sur moi qui
marchais en avant, mais la balle siffla au-dessus
de nos têtes. Je lui fis signe de la main que j'allais
vers lui, et qu'il ne devait plus tirer. Mais s'étant
avancé jusqu'au milieu de la chaussée, et voyant
que je n'étais pas seul, il tira de nouveau, inutilement encore. Alors je me mis à courir vers lui, et
je l'atteignis sur le petit pont de Notre-Dame, au
moment où il allait tirer une troisième fois. Nous
fûmes immédiatement entourés par une douzaine
de gardes nationaux qui défendaient la barri-

cade de l'Hôtel-Dieu, sur la rive gauche. L'un d'eux me saisit par le bras, et demanda que nous fussions fusillés immédiatement, prétendant nous avoir vus sortir d'une maison d'où l'on avait tiré sur eux. — Triste extrémité! Je me vis obligé d'invoquer le témoignage du fédéré qui avait tiré sur moi, pour prouver aux autres qu'il nous avait aperçus bien au-delà du pont Saint-Michel, et par conséquent bien au-delà de la maison indiquée. J'invoquai ce témoignage avec une énergie telle, qu'elle dut ressembler à leurs colères, et par conséquent leur paraître de bon aloi. Le sergent qui commandait le poste, et qui n'avait pas plus de dix-huit ans, intervient alors, et accepte comme une réponse favorable pour nous le silence du fédéré, car celui qui avait tenté deux fois d'être notre assassin ne répondit pas un mot. Je vis parmi eux un moment d'hésitation à notre endroit ; je le saisis rapidement, et je leur dis avec une énergie encore plus accentuée : « Au reste, citoyens, vous devez connaître votre consigne, vous n'avez pas le droit de m'arrêter. J'appartiens à la Société Internationale, et je suis délé-

gué du Comité central des secours aux blessés. »
— « Votre carte, me dit le sergent. » J'avais sur
moi la carte que M. le comte de Beaufort, secré-
taire-général des ambulances, avait eu la bonté
de me délivrer, et sur laquelle il y avait en effet :
*Société Internationale de secours aux blessés de
terre et de mer*, et à la suite de mon nom, le
titre de *Délégué du Comité central*. Quelques-
uns de ces noms durent leur faire soupçonner
peut-être des affiliations moins honorables, car le
sergent, après avoir regardé ma carte, sur laquelle
il ne sut pas lire probablement la signature un peu
effacée de M. de Flavigny, me dit; « Citoyen, vous
pouvez passer. — Mais vous, citoyen, dit-il à
M. Faure, je vous retiens pour défendre la barricade avec nous. » Au premier mot du sergent,
j'avais continué mon chemin, n'ayant pas l'air de
me préoccuper de mon compagnon. Mais en
entendant qu'ils voulaient garder M. Faure, je
reviens vers le sergent et je lui dis : « Mais vous
n'avez pas plus le droit de retenir ce citoyen que
moi. Il est avec moi, il m'est indispensable pour
remplir ma mission. je réponds de lui, il ne res-

tera pas ici. » Sans rien ajouter, les fédérés retournèrent à leur barricade, et nous remontâmes le quai sur la rive gauche (1).

Arrivés au pont de la Tournelle, nous nous arrêtâmes un instant pour considérer le plus horrible et le plus grandiose spectacle que puisse offrir l'embrasement d'une ville immense. Il était près d'une heure. Bien que le soleil brillât de tout son éclat, la fumée des incendies ne laissait arriver sur Paris que des rayons pâles, jaunâtres et sinistres. A ce moment, l'Hôtel-de-Ville possédait encore sa toiture ; mais elle était embrasée dans toute son étendue. Il est difficile de se faire une idée de ces flammes blanches ou d'un rouge étincelant, excitées par le pétrole et s'élançant avec une effroyable énergie par toutes les ouvertures.

Paris tout entier semblait la proie du feu.

(1) M. le comte de Beaufort avait mis la plus aimable bienveillance à me délivrer une carte des ambulances. Cette carte a probablement sauvé la vie à M. l'abbé Faure et à moi. Que M. le comte de Beaufort nous permette de lui en offrir ici notre plus vive reconnaissance.

Nous avions sous nos yeux les incendies immenses qui environnaient la tour Saint-Jacques, du théâtre Lyrique et du Châtelet, du Palais-de-Justice et de ses dépendances, des Tuileries et du Ministère des Finances.

A peu près à la même distance, nous apercevions dans les airs, sur la rive gauche, un immense nuage blanc qui devait être produit par le Conseil d'État, le palais d'Orsay et la rue du Bac. Nous fûmes inquiets un instant en voyant sortir quelques étincelles de Notre-Dame; mais ce ne fut que quelques minutes. Je ne puis dire l'état d'anéantissement dans lequel était jetée mon âme à la vue de ces irréparables catastrophes. Un moment nous aperçûmes, au milieu du quadruple incendie auquel nous venions d'échapper, la flèche dorée et encore intacte de la Sainte-Chapelle. Elle brillait au milieu des flammes comme un rayon d'espérance, comme un rayon de foi, mais aussi comme une protestation éclatante du catholicisme de saint Louis contre les impiétés du dix-neuvième siècle. Tout a été brûlé au tour de ce monument immortel que Dieu a protégé miraculeusement. Il domine des ruines immenses qui ont roulé jusqu'à ses pieds, mais lui-même n'a pas été touché par une seule étincelle.

Qui pourra dire aujourd'hui à notre chère France qu'elle ne dormira plus en paix, qu'elle sera toujours bouleversée par les orages révolutionnaires, tant qu'elle ne sera pas venue s'agenouiller dans la Sainte-Chapelle, et retrouver dans un acte de foi catholique la grandeur et la sagesse de saint Louis !

Nous remontâmes la Seine jusqu'au pont de Constantine. Une sentinelle nous arrêta un instant, mais la carte d'ambulance nous ouvrit encore un passage, et nous traversâmes la Seine. M. l'abbé Faure put rentrer chez lui. Quant à moi, j'appris sur le quai des Célestins que je devais franchir six ou huit barricades pour parvenir aux premières maisons de la rue de Rivoli. Je m'exposais surtout à être reconnu sur ma paroisse par quelque fédéré qui n'eût pas été fâché d'immoler un prêtre de plus. J'acceptai donc chez des amis une hospitalité religieuse, cordiale, une

8

hospitalité dont je conserverai le plus touchant souvenir.

Le jeudi 25, vers midi, les troupes de Versailles s'emparèrent sous nos yeux, avec une admirable bravoure et sous la fusillade, de l'île Saint-Louis, du quai et de la caserne des Célestins. Le soir, en se retirant, les fédérés incendièrent l'arsenal et le grenier d'abondance, dont le feu n'était pas encore éteint dans les premiers jours de juillet.

J'étais impatient de revoir mon église de Saint-Paul-Saint-Louis, mais ce n'était pas encore possible; la rue Saint-Antoine était encore commandée par l'artillerie fédérée de la Bastille.

Le vendredi soir, j'y pénétrai cependant par la rue Charlemagne. La toiture et la coupole avaient souffert du bombardement. Les chaises avaient été écrasées sous les débris tombés; l'autel était dans l'état horrible où l'avaient laissé les vandales de Le Moussu; la sacristie, où les soldats avaient couché pendant trois jours, était bouleversée; mais j'eus le bonheur de pouvoir m'agenouiller devant les hosties consacrées que Dieu avait préservées de la profanation.

Le lendemain samedi, 27, entouré de quelques paroissiens pieux de Saint-Paul-Saint-Louis, je célébrai dans la chapelle des catéchismes une messe d'actions de grâces!

IV

RÉPONSE A UNE LETTRE.

L'un de vous, mes chers amis, dans une lettre du 22 juillet, me faisait part de ses griefs contre Paris. Il me disait que l'exaspération de la Province était à son comble; que la France entière accusait Paris de ses malheurs; que la grande majorité signerait cette phrase qu'il avait entendue, mais qu'il jugeait un peu emphatique et irréfléchie : *Je voudrais tenir la main sur la charrue qui labourerait Paris.*

Pauvre Paris! ville aussi malheureuse qu'intéressante, aussi coupable que grande; on n'en dira

8.

jamais assez de mal, mais on n'épuisera jamais le bien qu'elle renferme.

Pour juger sainement cette grande question, voilà le point de vue où il faut se placer.

Je le sais, je l'entends dire de toute part, la Province est irritée contre Paris. Je me hâte de dire que c'est profondément fâcheux pour la Province comme pour Paris; car tant que cette antipathie existera, elle sera un obstacle à l'harmonie si nécessaire, et aujourd'hui plus que jamais, entre la capitale et la France.

Je ne veux pas entreprendre un plaidoyer en faveur de Paris; je ne veux pas faire une apologie de cette Babylone *qui tue ses prophètes* et fusille ceux *qui lui sont envoyés*, Pour ne pas remonter plus haut, je sais qu'aux élections législatives du mois de février, une grande partie des parisiens honnêtes ont trahi leur devoir par une abstention égoïste ou un vote passionné; je sais que la Province a senti péniblement le contre-coup de la guerre civile allumée dans Paris.

Mais la Province juge-t-elle la capitale sans parti pris, sans passions? Ne porte-t-elle pas au contraire dans son jugement outré la mauvaise humeur d'un coupable qu'on pourrait bien accuser d'avoir pris sa part du crime commis ?

Non, Paris n'est pas le seul coupable dans les malheurs révolutionnaires de la France.

Les Révolutions se font à Paris, je le veux, parce que Paris est le plus grand centre de la France ; mais il est injuste de dire que Paris seul fait les Révolutions.

Si Lyon, Marseille ou Toulouse étaient plus populeux que Paris, ils deviendraient les centres de tous les bouleversements, et Lyon, Marseille ou Toulouse n'en seraient pas plus la cause exclusive que Paris ne l'a été.

Il vient de paraître une biographie (1) des membres de la Commune. Parcourez la liste des grands coupables, cherchez leur origine et leur nationalité. Vous verrez que non-seulement la majorité est étrangère à Paris, mais encore que quelques noms accusent une origine étrangère à la France.

(1) *Les Hommes de la Commune*, par Jules Clerc. Dentu.

Ah! si la Province voulait se donner le droit d'imputer exclusivement à Paris tous nos malheurs, elle devrait conserver dans son sein ces hommes perdus d'honneur, perdus par des désordres ou des crimes dont ils portent la honte à découvert dans une petite ville, tandis qu'ils sont plus sûrs de pouvoir les cacher ici. Qu'elle garde toutes ces vies désorganisées par la passion du jeu ou l'immoralité, chassés vers nous par l'opinion publique qu'ils ont irritée, par les intérêts privés qu'ils ont lésés dans des affaires conduites ou sans probité ou sans intelligence.

N'est-ce pas de la Province que viennent s'agglomérer ici, tous les ans, ces nuées de jeunes gens mécontents d'eux-mêmes parce qu'ils ont trahi leurs devoirs et leur conscience ; ces existences turbulentes, inquiètes, irritées de ne pouvoir arriver à la fortune en quelques mois et sans travail ; la cherchant par tous les moyens, la demandant à toutes les tentatives, quelles qu'en soient les conséquences criminelles ?

Demandez à l'histoire de Paris quels sont les auteurs de ses révolutions.

Elle vous montrera au jour de l'émeute une armée de demi-savants (mais qui ne savent rien), de petits sophistes ergoteurs et ineptes qu'on a trouvés sur tous les chemins de la France, dans toutes les réunions désœuvrées et malsaines, qui n'apportent pour appoint à la vie morale et sociale de la grande cité, que les ruines de leurs croyances religieuses et la haine de ce qui gêne leurs plaisirs.

L'autorité est leur ennemie parce qu'elle s'oppose aux désordres qui peuvent troubler la paix publique, et sur lesquels ils sont obligés de compter pour se créer une fortune ou un succès; l'autorité est leur ennemie, parce qu'elle punit leur audace et réprime leurs folies. Aussi, n'aimant pas le travail, ne croyant qu'à leur sotte suffisance, faisant plier tous les principes aux nécessités de l'heure présente, maudissant la Religion et les Prêtres, parce que la Religion les importune par la voix des Prêtres ; à bout de ressources, ils font appel à la brutalité de la force, ils saisissent la torche et la mitrailleuse et couvrent Paris de ruines et de sang.

Ils accusent de leur misère le ciel et la terre, plutôt que leurs propres désordres !

— Et ils déclarent la guerre au ciel et à la terre :

— Ils brûlent l'autel et le trône.

Je ne veux pas donner un blanc-seing à Paris, cette Jérusalem moderne où *des chaînes et des épreuves sont réservées aux prêtres;* mais que la Province, à son tour, fasse son examen de conscience ! Qu'elle se demande, si elle n'a pas contribué pour sa part à augmenter la corruption de Paris; si elle lui a envoyé des bras qui aient eu l'audace de brandir la torche de l'émeute, ou qui aient su tenir patiemment l'instrument du travail.

TABLE

PARIS. — IMP. VICTOR GOUPY, RUE GARANCIÈRE, 5.